U0962836

父母和我的第一张照片，亦是现存资料中我们家庭成员的第一张。

少年时，一放假就去父亲工作的煤矿，
那时在井下作业的父亲雄姿英发。

8 岁时的我戴着父亲买的大沿帽，
年少时的理想就是当警察。

1990 年夏，为表示对我高考全县文科第一的奖赏，父亲带我去了青岛海滨。

大学时父母唯一的一次上海之旅，在华东政法大学校园内。

母亲（右）与她的大姐，我们喊大姨。她俩关系最为亲密。

母亲在煤矿家属区的庭院前。

母亲与东山。她去世后最初葬于照片中她身边的这片土地。

父亲在三亚 108 米观世音菩萨圣像前。

父亲在杭州灵隐寺礼拜观世音菩萨。

父亲于深圳世界之窗。

父亲游福州的闽江。

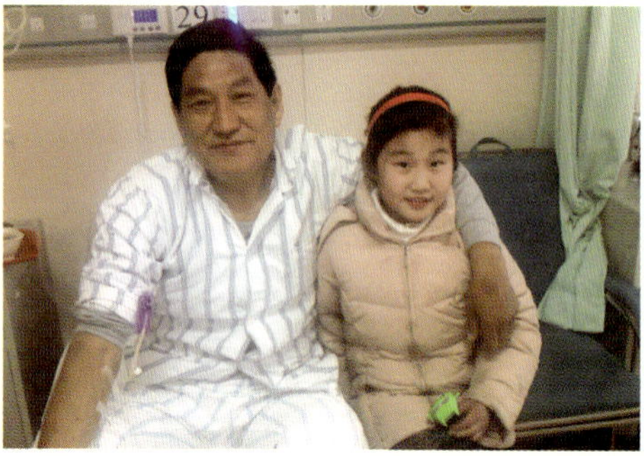

病中父亲与孙女赵梓彤。

母亲与孙女赵梓彤，北京家中。

父母与幼时的外孙女刘姝宏。

父亲赵立成 山东省昌乐县鄌郚镇姚家庄村人，五图煤矿工人。

生于1950年11月26日，卒于2009年6月4日。

母亲娄为良 山东省安丘市大盛镇娄家庄村人，务农。

生于1947年11月20日，卒于2003年8月21日。

目录

母亲

父亲

治疗日记

作家出版社 | **我们的爹娘** | 赵志刚 著

我们的爹娘

志刚是我的小老乡——他家昌乐，我家高密，同属潍坊——又是我在检察日报社工作十年的同事。他的才华，他的义气，都让我为之感佩和骄傲。

我调到文化部工作后，与报社联系渐少，对志刚的近况不甚了解。不久前见面，获他赠书两本。一本是他静修减肥、重塑身形——也是重塑精神——的记录《新的人生》,一本就是即将付梓的《我们的爹娘》。

我认真地读了这两本书，甚为感动。读了这两本书我才知道这几年间志刚经历了这么多事。先是慈母仙逝，继而老父病故，然后又是自己的健康急剧恶化。灾难会将一些人压垮，也会令一些人奋起。有的人会破罐子破摔，听天由命；有的人则会在逆境中扼住命运的咽喉。志刚自然是能在逆境中奋起、敢与命运抗争的强者。

《孝经》曰："身体发肤，受之父母，不敢毁伤，孝之始也。"年轻时，对古圣贤的这段话，不能很好理解。为人父母后，始知先贤之言的含义。志刚在遭遇双亲病逝之大恸后，悟出爱护自己就是对先人行大孝之理，于是拜师静修，期间以坚强毅力，克服了精神和肉体的巨大痛苦，终于得以“脱胎换骨”，获得新生，这也是他的父母所最希望的。

志刚是孝子，他在《我们的爹娘》这本书里，写出了一片孝心，也写出了父母在艰难困苦中不屈不挠地劳动、奋斗的一生。因为同是昌潍地区的人,志刚书中所写的许多事情、许多场景,让我倍感亲切。那些事情，不仅仅在他的家乡发生过,在我的家乡也发生过。他的爹娘的许多经历，也正是我的爹娘的经历。他笔下的爹娘，也正是我们的爹娘。中国之所以历经磨难而不亡，正是因为有我们的爹娘；中国之所以能够在困境中崛起，也正是因为有我们的爹娘。他们任劳任怨，他们勇敢善良，他们在黑暗中不绝望，他们慷慨大度，乐善好施，他们为了追求光明不怕牺牲……他们是最普通的人，也是最伟大的人。他们生前是我们的靠山，死后是我们足下的大地。他们的身体化为泥土，但他们的精神会代代传承。

感谢志刚写了这本书，杂感随录，权为序。

2012 年 6 月 30 日

尹洪东

序

孝思孝行弥天地　人生真谛细思量

志刚将这本缅怀双亲的文章结集《我们的爹娘》交托我作序，我是无法推辞的。我们相交多年，知之深，敬之切，志相投，情谊重。虽然以我忝为其表哥老师之故，志刚素日也以师称之，以师目之，但其实我与志刚之间，主要还是亲如兄弟的朋友关系。

志刚纪念母亲的文章，曾经出过单行本，我写过书评《母亲：最贴身的信仰》以为评介；他纪念父亲的文章，在博客发表后也曾结为单行本，我也一一读过。但今天志刚将怀念双亲的文章结为一本集子出版，是有着特殊意义的。

以我对志刚的理解，这本书首先是一种仪式，是以这样一种仪式对已逝父母进行精神上的合葬。志刚的母亲 2003 年辞世，时隔仅仅 6 年，他又恸别父亲。到今年，志刚的母亲离开尘世已整整 10 年。民间许多地方，尽管风俗不同，但后代对已逝父母的合葬是很看重的，这往往是子女对父母亲情和孝心圆满的一种体现。而志刚以书籍的形式为仙逝二老精神合葬，这在俗世是不多见的，它让我们看到孝心可以有这样一种圆满的表达方式。

孝之道大矣哉！孝为人伦之本，道德之本。孔子志在《春秋》，而行在《孝经》。“夫孝，始于事亲，中于事君，终于立身”。因为儒家“慎终追远”的传统，孝不会因为亲人的过世而中断，它不是阶段性的，它是恒久存于时空而又超越时空的，它是关乎一个人（一个家族）立身发展的层次和境界的。孟子云：“人异于禽兽者几希”。不孝，几乎就是禽兽不如的同义语；而大孝，则常常是社会、人群对一个人品行的最高评鉴。

《我们的爹娘》这本书，字里行间充满了志刚的孝亲之思、孝亲之行。对母亲的追忆，真实地再现了一个平凡而伟大的乡村母亲，感人至深；对父亲的追怀，特别是救治父亲的那些过程和细节，给人以揪心之痛。要而言之，读了这本书，我相信每个做子女的将会反躬自问，都会在以下几点上产生强烈的共鸣：一是尽孝须及早，孝心不能等待，不然会留下终生的愧疚和抱憾；二是尽孝是无条件的，尽心就是最好，不能说等自己事业成功了、生活十分富足了才能尽孝；三是要更好地爱惜自己的生命、更好地在社会上立世做人，做一个让父母为之骄傲的子女，是尽孝的最好方式。

志刚出这本书，我认为有两层交代的意思。一方面是对父母的一个交代，让父母的精神世界完整地合聚在一起；一方面是对自己的一个交代，标志着一个人生段落的转折，标志着他在开始全面思考人生的真谛。像千千万万个农家子弟一样，通过接受高等教育之后步入社会，在40岁之前，他们往往都在朝着向上的台阶不遗余力地奋斗、拼搏，可是，在取得一定的功名之后，他们会忽然发现，自己心灵深处也在困惑和挣扎。志刚经由这本纪念父母的文集，其实已在透露出一种思索的讯息：在年轻时，我们奔着一个个明确的目标去努力，去争取，可这些是不是最重要最有意义？或者说，人生怎样才能活得更有意义？有更高的幸福指数？对父母来讲，子女活得成功或者幸福，哪一个更重要？我想显然是后者。

有两位我所敬仰的大师，他们让我难以忘记的不是他们的学问，反而是他们追忆父母的文章。季羡林先生晚年一篇《赋得永远的悔》，表达自己对母亲未能尽孝的痛悔；钱穆先生的《八十忆双亲》，写下的是对二老绵绵无尽的思念和倾诉。读了志刚这本书，我想说，莫到晚年再思亲，重在当下善尽孝！

孝是中国传统文化的根柢。中华文明绵延几千年而不绝，中华民族历经无数磨难而能巍然复兴，离不开这种存续于血液中的孝文化。当前，弘扬我国优秀的孝文化，是一项十分紧迫的任务，因为道德和信仰的缺失在现实中已经在屡屡突破社会的容忍度。从这个角度，我认为志刚作为中国检察出版社副社长已经在身体力行。我希望出版界的有识之士，能编辑出版一套大型的“中国孝文化丛书”，这其中，既要有对历史典籍的整理与挖掘，也要包括现代人的理论研究与实践。当然，还要尽可能多地纳入当代作者忆念父母的文章和文集。

是为序。

2012 年 7 月 13 日

此岸彼岸念亲恩

初夏晨起，沐浴微风，如父母之爱，慈柔和暖，令人思念无限，父母于我，阴阳相隔，万水千山之外，此岸红尘，彼岸花开。

佛经《心地观经》有云："父有慈恩，母有悲恩，若我住世于一劫中说不能尽。经于一劫，每日三时割自身肉以养父母，而未能报一日之恩。"

父为天，母为地，孕育、饱涵着我们生命里的无法言说的信息与能量，那是我们生命的源头……

2003 年夏，母亲以 56 岁之盛年猝逝，病起于心肌梗死。

6 年后的 2009 年，父亲经历 100 多天与晚期肝癌的斗争后不治，撒手人寰，尚不满 60 岁。

一个是毫无准备的突然离去，另一个是漫长地在病床上被手术刀几度切割。

母亲的突然辞世，给我巨大的精神打击，直接导致我内分泌紊乱，当年即被诊断为糖尿病。父亲癌症晚期，为挽救他的生命，巨额的医疗费，几近倾家荡产。

母亲去世，哀哀欲绝，三年始得振作。我悟到：自己能走出伤心，开心地生活，是对逝去母亲最好的交代与孝顺。

生与死，是我们无法把握的，我们能好好把握的是生死之间一段距离，虚空如画，让我们尽心尽情尽好地挥洒。

为感念母恩，我在自己的博客上陆陆续续写了一些短文，2007 年，在母亲冥寿 60 周年之际，以《我的母亲》为书名由黄河出版社出版。母亲的早逝，让我开始观察人生之无常，顿悟到子欲养而亲不待的回天乏力的心碎与悲痛。

《阿含经》云：若人百年之中，右肩担父，左肩担母，于上大小便利；极世珍奇衣食供养，犹不能报须臾之恩。为加倍弥补自己以往对父母的忽略，母去后我坚持每天给父亲一个电话问安，逢年过节陪他到各地旅游，甚至还做了出国的计划。

然而，慈母走了还不到 6 年，父亲就查出晚期肝癌，且是最凶险的肝门部胆管癌。为能尽一切可能救治，我动员了一切可用的资源，最终还是没挽留住他的生命。从父亲住院第一天，我开始撰写病中日记，希望他能一天一天好起来，哪知写到最后却是他的去世。安葬父亲后，我把日记编辑为印刷品《2009年春，父亲》，用以记录这刻骨铭心的100多天。

父母双亲于壮年的早逝给我莫大心灵创伤，因过度悲痛，加上工作繁重，生活方式不健康，身心俱损，不到40岁就处于系统性崩溃的前夜：每日服用多种降压药物，注射胰岛素，“三高”、呼吸睡眠暂停综合征等严重威胁着我的生命。

2011年6月1日至7月中旬,我在北京大学哲学系静岩博士直接指导下，对自己的状态做了一次系统性颠覆，身轻心安。我顿悟到，自己能够身心健康地活着，亦是延续父母的生命，亦是尽孝。

今年，是母亲离开尘世第10个年头，按老家的风俗，十年忌日亲朋好友要一起完成一个较为隆重的仪式。春节后，我便开始构思，把写父母的那些碎片化文章重新梳理一下，暂名为《俺娘俺爹》，争取公开出版。除追忆父母的养育之恩，亦作为他们精神上的合葬，当然也希望此书出版后能将我对父母的愧疚、对父母恩情的体悟传递给读者，让更多的人不要有我那么多追悔、遗憾，更好地尽孝，珍惜今生缘，善待亲人朋友以及其他有缘人。

为人需当孝父母,孝顺父母如敬天。小孝,供给父母物质上的生活需要，令父母衣食无忧;中孝，积极向上，走正道拥有健康体魄乐观幸福人生，令父母安心知足常乐；世间大孝，为社会国家世界作大贡献，令父母为之自豪，实现自我人生价值，利益于社会与众生……

父母亲爱心，柔善如碧月。

爹娘的遗产是无形的珍宝。无私，无我，忍辱，甘于付出和奉献，不待回报。常忆父母恩，把父母无形之爱传递开去，这正是对父母最好的怀念。

掬水月在手，拈花香满袖。

今日今时，抬眼窗外，阳光明媚，天空湛蓝无际，白云悠然飘过，鸟儿婉转而歌，醺风里送来院子缕缕玫瑰花香，在我是相信爹娘已达善处了，山河大地，草木丛林，日月星辰，无不是亲人的化身……尽可安心放心……

感恩父母给予我生命，感恩诸多亲朋好友、同事、网友在我哀伤哀痛无法振作的时刻给予的关心与温暖，让我有力量站起来，重新行走在阳光下……感恩痛苦与不幸，让我心灵成长，重获新的人生，新的生活，让我学会爱惜肉身，品味生活，珍惜亲人朋友与人生。

感恩一切。

母亲

你那么虔诚地诵读经书，修行，已功德圆满……

献给母亲的 72 行

世界上最疼我的那个人走了

人的一生，其实就是不断地失去自己最爱的人，

而且是永远的失去……

这是每一个人必须经历的过程。

—— 张洁《世界上最疼我的那个人走了》

第一章　你就这样走了 不留给我一句话

2003年8月的夏夜，凌晨1点，窗外只有昆虫在叫，你睡着了

我，你的儿子，还在福建的沿海敲着键盘写字

手机关了，外面的狂风暴雨刚刚停歇

一切如此之静，你对着我的父亲，你的丈夫，说了一句：我这是怎么了……

那个时候，你有没有痛苦，有没有恐惧

母亲，世界上最疼我的人，你就这样走了

吝啬到没有留给我一句话

也许实在太累了，懒得再说什么

只是，当你的灵魂在夏夜的天空飞升，你有没有回头看看儿子的脸

是恬静安然，还是泪水涟涟

你那么虔诚地诵读经书，修行，已功德圆满

尘世再多的挂牵也不会挽你匆匆的步履了

你在浓浓的睡梦中作别滚滚红尘

作别睡在你身边最爱的丈夫、我的父亲，作别你最爱的儿子，还有女儿

那是佛的呼唤，唤你去往没有忧伤和挂牵的西方

这以后，你不会再接我的电话，耳畔也不会再有你的叮咛

世界上最疼我的你，就这样走了

你也许不知，我的心在这一刻亦被掏空

第二章　那个到水库游泳一天不归的男孩

1971年冬月，我是你身上最疼的那块肉吧

我没有印象了，对于你脸上超越疼痛的灿若鲜花的笑意

你看到了我，生命中除了你的父亲、你的丈夫之外最爱的第三个人

后来你说，哪怕要饭也要把这男孩拉扯成人

1973年，妹妹来了，这没减少一分你对我的爱

父亲在好远好远的地方做工，你手里拉着一个，背上背着一个

那三亩六分土地，长时间映着你一个人弯腰劳作的影子

你抬头望望长长的麦畦，还有身边的一对儿女，你明白希望就在前面不远

童年的记忆有好多呢

还记得我哭着轻摸你被打青肿的眼，娘啊你会瞎吗

还记得午夜我喘到不能入睡，你扶我起来边捶背边落泪吗

还记得你推我拉的独轮车，在泥泞的田里轧出的车辙吗

母亲，我就是那个到水库游泳一天不归的男孩

好多人从村里出发，寻找这个被猜想已溺水的孩子

男孩若无其事，他忽闪着无辜的大眼睛看着惊惶失措的一群人

奶奶站在你的身后，你打啊，你打啊

母亲，在那个下午，你终于找到了我，你蹲下身子抱住了我

我看见你的泪潸然而下，浸湿了我的手背

第三章　看到了夕阳中你的奔跑

是 1979年的冬天吧，小学的老师送来一张三好学生奖状

稠稠的浆糊贴到墙上，很紧，很紧，不识字的母亲啊，那是奖给堂弟的

你费了好大的劲才把它取下来，还给隔壁家的伯母

不争气的孩子，我在你 32岁的眼里，读出了伤心

男孩后来挣来满墙的奖状，你把最好吃的东西留下来奖赏

尽管只是几块饼干，或者一个鸡蛋

煎饼，咸菜，日子穷得像清凌凌的汶河之水，清冷但是甘甜

男孩的成长，是你全部的希望，全部的寄托

母亲，还记得 1990年秋天西行的火车吗

我看到了你在夕阳中的奔跑，你不知这火车会在济南转弯，南去上海

少年的心还沉浸在远行的兴奋中，你却陷于忧伤

你感受到了离别，感受到了不能把握

日子很苦啊，你在那个大院为人扫地，以自己的卑贱为儿子赢得清高

你到那个矿井拣炭，为我换取可怜的几块钱的学费

后来我听说翻斗车当时差点埋葬了你

或许是一出悲剧，男孩榨干了母亲的乳汁，从此远走高飞

你感受到了悲剧的开端和结局，可你义无反顾

母亲，我知道你很难过，因为你感到悲剧就要到来

第四章　为什么要用这种方式把我唤回

我是你眼里那只羽翼丰满的鸟吗，应该是的，你有没有悲伤

那个在你怀中撒娇的孩儿长大了，有了家，娶了媳妇，生了女儿

他的心很大，不再写信，你从他偶尔的电话中感受到了忽略

你是不是从这时起开始沉默，苍老，华发早生

怪那个没有喊过几声奶奶的小孙女了

还是怪你的儿子

母亲，你是承受不了没有天伦之乐的苦，才爱上了经书

你从佛的光辉中寻找到了宁静，你重又看到了那个一天不归的男孩

天热了，你还担心；天冷了，你还惦记；出差了，你更怕他累着

我，你最疼爱的那个男孩

他像一只孤单的鸟儿，虽然倦了，却无法归巢

那天，2003年8月21日凌晨1点，母亲，你是真的想我了吧

如果不想，你为什么要用这种方式把我唤回呢

还记得说过要给你过60大寿吗，你那淡然的笑似是回绝

母亲，世界上最疼我的母亲—— 你猝然走了

你不愿再看，不愿再听，不愿再说

登上三尺莲台的那一刻，母亲，你是否看到了我的忧伤

那忧伤，穿透阴阳两界，痛彻骨髓

@ 梁文道 / 他们来了，他们又走了。在这时候，我们应该记住，他们带给我们的欢乐，但是，又不要过分执着；我们忘记他们偶尔犯下的过失，但是又从里面学到一点启示；如此，他们的人生，他们这趟旅程，就不算枉行。他们的人生没有白过。然后，我们要知道，过不了多久，我们也将如此行过。愿一切众生皆得解脱。

@ 劳月 / 在无穷无尽的灾难面前，最后我选择了海明威小说《老人与海》里的主人公的态度来应对，那就是在任何灾难面前都不要丧失自己的斗志，不管你成功还是失败，只要你在奋斗，在和命运搏斗，就可以了，就足够了……

@zjs / 暗夜中你可以独自忧伤，抚平心头无尽的落寞，但是，黎明到来之前，请擦亮你前行者的双眼，继续前行，以让母亲感到自豪的你的方式，焕发人生光芒。给你光芒，给你力量，那是母亲永远的希望。请多保重。

@ 曹呈宏 / “现在，他又比我先行一步，离开了这个奇怪的世界。但这并不意味着什么。对于我们笃信物理学的人来说，过去、现在和未来之间的区别只不过是一种幻觉而已，尽管这种幻觉有时还很顽固。”——爱因斯坦

@ 杨德寿 / 常回家看看吧！与最疼志刚弟的母亲一样，最疼我的母亲也一样的苦命。这是一首让我流泪的苦难母亲的赞歌。只是，那母亲听不到了。其实，老爸老妈并不需要我们给他们带些什么稀罕东西。只要能看见自己的儿女平安地生活就好。在老爸老妈健在时，多回去看看他（她）老人家吧！

@ 听海观涛 / 人同万事万物一样，源于自然，亦该回归自然吧。我想以泰戈尔的一句诗为我们的母亲送行：生如春花之绚烂，逝如秋叶之静美。

@ 华英雄 / 很欣赏母性的伟大，因为母亲孕育了生命，又把生命抚养大而别无所求，这是任何事情所不能比及的。

@ 海山居士 / 每个人都有自己的母亲，母亲不只是给了我们身体和生活，这整个的世界都是她给予我们的。生命有限，母爱无限。

@ 寒山一竹 / 眼泪唤不回失去的岁月——志刚与母亲的故事一直在眼前闪动。读到这首长诗，读到“为什么要用这种方式把我唤回”，止不住泪如泉涌。我与我的母亲同在一个城市，一年中也难得几天去看她，难得通几次电话也只是聊几句。

永远的娘亲

很多时候，我们说不清是否有一种超自然的力量在主宰这个世界，但大家都知道很多事情非常奇异，让人很难解释。比如，我开始为母亲写一些小文，基本上是从 2001 年底开始的，到 2003 年夏天她去世前，大概写了六七篇。而在此之前，我连想都没有想过要写此类文章。

我在 30 岁之前，一直想写我的母亲，尽管我知道无论怎样写，也不能报她对我爱之万一。

终于一不小心，而立之年过去了，我却没有成就一篇献给母亲的小文。

母亲，出生在山东安丘县一个很破败的乡村，她比我大两旬，同样属猪，这是她解释她为何对我偏爱，而让妹妹经常抱怨的主要理由。其实，母亲对我的爱有更深一个情结：母亲姊妹 5 个，没有兄和弟，而她 12 岁时，她的父母，也就是我的外公外婆就已驾鹤而去。

1971年冬月那一天下午生我的时候，母亲很欣慰：血统里终于有一个男孩了。那时才24岁的淳朴的母亲就下定决心：不管以后是逃荒还是要饭，一定要活下去，把我拉扯大。

父亲在外当工人，每个月大概只能回家几天。母亲养猪、种地，干大量男人干的活儿，更为重要的义务，是养活我和在1973年出生的妹妹。

20世纪70年代初，山东农村很是颓败与穷困，母亲后来告诉我，在我出生7个月后她就没有奶水了，只好嚼一些粗粮喂我。我在幼年、少年时代乃至今天体弱多病，大抵与此有关。

5岁之前的记忆全部失去了。只记得5岁过后，母亲被人打了，她的一只眼肿得老高，我和妹妹趴在母亲的怀里和母亲一起痛哭，只怕她的眼睛会瞎。

母亲没有上过几天学，但是她出奇地聪慧，一台古戏（盛行于山东农村的吕剧）她只要听过、看过，就能大致不差地复述出来。直至今天，她在背诵一些乡土的佛门经文时，也还保持着年轻时的水准。我开始上学了，但她不能辅导我的功课，却教我一些传统的伦理，比如与人为善、知恩图报之类。这些朴素的观念在我的骨子深处扎根，成了我以后求学乃至迈入社会的行为指针，以致后来，我猜测母亲的前世极可能是一个贵族家的大小姐，她的雍容，她的忍耐，让我每每想来，感动不已。

一直在母亲的身边，和母亲的感情很深。少年时，我第一次出远门，是到离家80里的县一中上学。第一个星期天回家，邻居告诉我母亲正在地里收玉米，跑了二里地，找到那大片的玉米地，风吹过去沙沙地响，在地的北头，大声地喊“娘”，母亲听见了，冲出田间，把镰刀往旁边一扔，抱住我就呜呜哭起来……一周的别离，在母子的心里恍如隔世。

1990 年 9 月，告别老家到上海读大学。那是在一个秋日黄昏里的火车站台。母亲送我上火车，在金黄金黄的夕阳余晖中，随徐徐启动的火车奔跑，她向我边挥手边抹眼泪，她不能探知这庞大的火车会把她的儿子拉到哪里，她甚至疑惑：火车为什么一直向西，而儿子是要到东南方向的上海读书。

2009.9

相亲时，母亲爬上了树

最近感觉好像有些怪怪的。

五一期间，我和父亲在饭店吃饭，说起 2002 年冬天母亲最后一次来京情状之种种，父子相对涕泪沾襟，让身边的服务员惊惶不已——我的确禁不住要想念她。

5 月 7 日下午，妹妹和妹夫抵京，说前几日梦到母亲，第二天醒来妹夫就到墓地去看，并无什么异常。昨夜更奇怪，我和父亲从零点一直聊到凌晨三点，全无睡意，话题是父亲和母亲的姻缘。

父亲只读过几年书，然而他对往事的记忆力真让我叹服，他清楚地记起认识母亲是哪年哪月哪天。1969 年，19 岁的父亲身高才 1 米 53，体重还不满百斤，一个瘦弱的不起眼的穷孩子，在乡下已到了娶妻的年龄。尽管也有不少乡亲帮忙介绍，但似乎没有人瞧得上这个少年，有一女子虽然应允，但需要父亲拿 200 块彩礼，那时的 200 块是个什么概念啊，这亲事就中道结束了。

我四姨（母亲的四姐）的婆婆和我奶奶很熟，突然有一天，就想到把我母亲介绍给我父亲。那时母亲已经22岁了，在山东农村，这是个临界年龄，过了这个年龄的女子再想找个婆家就有些难。那时外公外婆已去世十多年，四个姐姐都出嫁了，大概没有什么人为我母亲的婚事操心，一拖时日她就失去了年龄的优势。

父亲和母亲相亲的场景非常经典，这个场景如此深刻地印在父亲年少的记忆中，直到今天，都难以减损其中一点点色彩。1970年农历4月26日，母亲和她四姐的婆婆一起过了河，河边是一片密密的树林，23岁的母亲停下了她匆匆的步履。那婆婆一个人到了我爷爷家，让我父亲到河边与我母亲会面。父亲步行到了河边，但是空无一人。其实彼时，母亲已动用她多年练就的攀援功夫，爬到了高高的树上，她远远地看到了寻寻觅觅的父亲，并看到这个弱冠少年寻人未果而折返的情景。那个时候，母亲心里在想什么，今天已经难以探知。但这位23岁的女子发下了愿嫁到河之北的决心，想必在那天看到瘦弱的父亲后突然鼓足了。这中间的原因用一句话两句话很难说清，也许是天意吧。

父亲一个人孤单单回来，告知那婆婆并没有人在等。那婆婆很决绝地说，你再回去找，她是和我一起过河的啊！少年再度返回河边树林，母亲已经从树上下来了……两人寒暄了几句就结伴到了爷爷奶奶家。大概过了只有9天，父亲母亲就步行到公社驻地进行了结婚登记。

父亲在这一年，被招工到县煤矿当井下作业工人。同年的11月16日，他们举行了结婚仪式。第二年的11月9日，我出生了。

这中间还有很多很多的故事。在未来的人生岁月，我将一段一段探究母亲的人生经历，这会是充溢我整个生命的访谈。关于母亲，对于我来说，真的是一个谜。揭开这个谜，是我对母亲和家族的一个交代。

我爱母亲，知母亲正潜伏在我的身心之中，她在天国护佑着父亲、我，还有妹妹。她的微笑，是我工作生活的动力之源……

读不少好友发来的短信，始知今日母亲节。或许，这才能解释这些天感觉为何总是有些晃动。祝各位的母亲节日快乐。如果母亲依然健在，不妨给她打个电话；如果她已驾鹤西行，就在心底默默祈祷她的安息。

2005.5.8

作为草民的二姨

慈母西去以后，每年有几个重要的日子，我是一定要回山东老家祭奠的：一是清明节，二是母亲的忌日，三是春节；七月半和十月初一，则在北京为她老人家立个往生牌位，表达我深切的怀念。

4月2日下午回到老家，我先到安丘看了二姨。她所在的村子叫黑石头沟村，位于丘陵地带，车子开上去很费劲。二姨住在村子的西北角，两间破败的房子。到达之时，老人家正在村口的路边弯腰干活，见我来了，赶忙起身迎了上来。

母亲在姐妹五人中排行最末。五姐妹中，母亲与她二姐也就是我的二姨关系始终很微妙，若即若离，如冷似热，尽管二姨嫁到了一个穷到不能再穷的小山村之后数十年，两家的关系从未中断过。直到我三十多岁的某一天，父亲才偷偷告诉我，母亲对二姨是有看法的。问题的根源在于，二姨曾经与三姨或者四姨商量，不让我母亲念书。

二姨嫁到的这个山村，村里的光棍很多，外村的女子不愿来，本村的女子留不下。我小时候经常和妹妹一块步行十多里山路到这个村子玩，大概上高中以后就极少去了。

二姨和我根本就没有任何印象的二姨夫（很早就病故），共育有三子一女，好在儿子们都娶了媳妇，女儿也嫁了出去。二姨家的二表哥和三表哥与我家过从甚密，每年农忙时节，大多会来和母亲一起收割庄稼，很卖力。当然，回去的时候母亲也会把一些粮食让他们背回。

二姨很年轻就得了一种叫作肺气肿的病，心脏也不太好，生活又艰苦，于是黑瘦异常。前几年，我开始听家里人说，二姨的儿子们不孝顺，其中那位大表哥甚至责令二姨为他们家放羊，还让二姨和他家的羊放在一起住，过分。

听妹妹说，母亲每次看望二姨都会大哭一场，然后骂一通表哥们就气鼓鼓地打道回府，回家后几天情绪都不好。

母亲去世后，二姨前来吊唁，知她日子艰苦，我就悄悄塞给她200元钱，可叹的是，70岁的二姨，全身上下居然没有一个装东西的口袋！从早晨到深夜，我看到二姨长满老茧的黑黑的手，始终紧紧攥住这钱。

到母亲去世，姨妈之中只剩下二姨和四姨了。四姨经常到我的表姐和表弟家走动，且表弟远在浙江温州，所以很难见上一面。只要回家看父亲，就努力找点儿时间看看二姨。

去年上半年，在朋友的陪同下看了二姨。路很难走，幸好开的是越野车，如果是轿车则很难进村。一进屋，见到那可怜的二姨和破落的屋舍，心疼不已。把车子上的大米、白面、色拉油等物卸下来，还给了她一些零花钱，让她好好照顾自己。今年春节前因和父亲到南方旅游，没有抽出时间看她，我把当时带来的药让父亲和妹妹转送给二姨。

那天，我花了不太短的一段时间教二姨如何服药，其中有一种治疗哮喘的喷雾剂，在喘不动的时候喷进气管，可以有效缓解症状。反复演示，并让二姨学会操作。

我和二姨简单谈了一些关于母亲的话题。她说，我母亲应该是读过一两年书的。由于我的姥爷和姥姥很早就谢世，前面三个姐姐出嫁后，母亲和四姨从十多岁时就相依为命，共同维持家业，十分不易。本来还想多和二姨聊聊我的母亲，但看她哮喘挺厉害而作罢。走时,和她在院子里拍了一张照片,这也是我和二姨第一次合影。照片中，羊在悠闲地吃草。到了晚上，这些羊就会和二姨住在同一个房子里，相互做伴。

院子里的两棵果树都开了花，一株开的是白花，一株开的是红花。

和二姨相比,母亲尽管受了很多的苦,但生命的状态却是不同的,她至少很有尊严地活过，至少我和妹妹算得上孝顺。

4 月 3 日一大早，来到母亲的墓地，添上一些新土。我们老家的规矩,添土要在日出之前,上坟要在日落之后,这些规矩说明什么,我并不明了。下午，几位哥们都赶来了，一起为母烧纸，在坟前念叨一些思念母亲的话。母亲走了快三周年了，那种痛彻骨髓的哀伤似乎日日淡下去，只是在回忆很多细节时，仍然止不住伤心。一位亲人发短信，要我坚强。是的，生活还是要继续，还有很多事需要我的臂膀去扛，往前看吧。

母亲的二姐，我的二姨70多岁了，还要为我的大表哥放羊，她老人家一个人孤零零地生活在一座破屋之中，仅仅是活着而已。我不知道，下次回家探望，和羊住在一起的二姨是否还能活在这个人世间？

我想着这人间的悲剧，不禁悲从中来。

2005.7.4

童年的食物与母亲的被打

农历 7 月 24 日，是母亲大人的忌日。

母亲往生两周年了，但我只要一想起她，就心疼若刀割。此次回山东祭奠和父亲聊天，知悉一个非常令我震惊的消息，那就是，母亲在上世纪 70 年代中期被打和我有着密切关系。

母亲的被打是我们家族的一个重要事件。这也是我童年无法释怀的一幕，如果按照西方精神分析理论，我今天的性格，和这段童年经历有直接关联。

那天，母亲的右眼青紫，肿得老高，才五六岁的我趴在母亲的怀抱中，呜呜痛哭，“娘，你的眼还能好吗？”30 岁的母亲并未说话，泪水无声而落。

这是我童年最为苦痛的一个场景。

还记得母亲被打后的第二天，爷爷推着独轮车，我和大姑跟着，渡河到了大盛医院，那是离我们家最近的一个公社医院，大概七八里地，属于另外一个叫作安丘的县域。

记得夏天的水很大，丰水期的河水把车轮都快淹没了。

打我母亲的人是爸爸的四弟，我的四叔。然而，在母亲没有原谅他之前，我始终没有这么喊过。有一年爷爷过生日，家族中很多亲戚都来了，四叔喝了很多酒后就哭了，对着我母亲道歉，他嘴里还说着“都是为了老人……”，母亲很宽怀地说这事早就过去了，她也早就原谅这个对她动手的小叔子了。

我其实一直以为是奶奶唆使四叔打了母亲，但此次回家祭母，父亲却透露了其他一些信息，而这些信息让我生出对于母亲的更多愧疚。

父亲在几十公里外的煤矿当工人，每月只能回家一次，每次一两天。父亲带来的最好礼物是用积攒下的粮票到职工食堂买的一些馒头，一般是买 4 个细面的，再买一些粗粮做的。回家后对半分，爷爷奶奶一半，我们家一半。

童年的日子真是艰苦啊，没有什么食物。我极少接触饼干、油条之类，日常的食物都是地瓜干、玉米之类的粗粮，几乎不见油水。所以，对于细面馒头，母亲都是留给我和妹妹，而作为壮劳力下地干农活的母亲从来都不会吃一口。

“这次这两个细面馒头全是我吃的吧，”不懂事的我吃完了还向母亲要，急性子的母亲有些不耐烦，“没了，那些你爸都给你爷爷奶奶了！”

父亲前些天对我说，母亲并没有让我向爷爷奶奶索要细面馒头之意，但是少不更事的我居然就找到了奶奶。奶奶显然不太愉快，她找到了她二儿子的媳妇，我的母亲。奶奶批评我母亲指使我前往讨要馒头，而无辜的母亲就顶了婆婆的嘴。我们的家族很大，爷爷奶奶生了 6 个儿子，2 个女儿，他们从来都是说一不二的。急脾气的母亲的顶嘴让奶奶有些恼火，声调就高了起来。

四叔恰在这个火候看见母亲顶嘴的现场，心想这还了得，这大胆的二嫂居然敢气我老娘，就不由分说冲上前去一顿老拳。

多少年后，我问父亲："别人打了你的老婆，你怎么想的？你为何不报复？"父亲给我的答案我已经忘了，但当时似也把我说服了。然而，今天，当我始知道事情的真相，我更为愧疚，我只是为了满足自己的口腹之欲，就让母亲遭受一场身体伤害之劫！

2005.9.1

子欲养而亲不待

八九岁那年冬天，在村子里拍了一张照片。记得母亲那天兴奋地从柜子里翻出新帽子，喊我到街头拍照。

大檐帽是父亲买的，我非常喜欢。帽子本来买了两顶，有一顶在村前的路上，被冬日凛冽的风吹跑，落入藕塘，捞出来晾干后已变形,没有再戴。上身穿的是一件蓝涤卡改做的衣服,是母亲穿过的，袖子有些长，衣身短，外衣显然无法遮住里面的黑色棉袄。

照片上的我目光深远，倔犟，不会笑。母亲总说我拍照时一脸严肃。今天，西去的母亲已经不会再说我什么，而我也会在拍照时摆各种 pose，做各种并不一定真诚的笑脸。

少年的生活是苦涩的，因为穷困。往往很多天吃不到什么炒菜，都是咸菜粗粮，我出现了严重的营养不良。灶台有烟火的时候，基本上是父亲每月一次从煤矿休假回家两天。偶有几片肉丝，往往是几双筷子在碗里相互推来挡去。最终母亲是不吃的,受得吃者是我和妹妹。

母亲的规矩很多，家教非常严格。教育我和妹妹常常是用一些很简练易懂却深刻的民间俗语。这些东西后来融入我们兄妹不断成长的身心，化为精神上的一种生存智慧。我有时甚至很疑惑，母亲几乎是文盲，她怎么会有那么多通俗至理的育儿育女格言？！比如：吃亏长见识，装孙不赊本；敬人敬自己；浇花浇根，交人交心；饥时给一口，强似饱时给一斗，等等。

“善根出善苗。”是母亲说得最多的一句俗话。她一生从来不结怨，从来都是与人为善。行善，是母亲最经常说的。我上初中时，一次放学骑自行车回家，突遇大雨，路上一老人艰难行路，全身湿透，十三四岁的我在问清他家在哪个村庄后，冒雨骑车六七里路送老人回家。我返回家时天色已晚，母亲也在焦急等候中，为我担心，但当我说了事情的经过，她非常高兴。

从我们懂事开始，母亲就严格规范我们的言行。“路遇长，疾趋揖，长无言，退恭立……衣贵洁，不贵华，上循分，下称家……步从容，立端正，揖深圆，拜恭敬……凡出言，信为先，诈与妄，奚可焉。”母亲虽然没有学过《弟子规》，但她对我们的言谈举止所要求的，在我长大后读《弟子规》，却分明看到里面都是母亲教育我和妹妹的内容。这些内容直到今天我们都在信守奉行，受用无穷。

只是，2003 年夏天慈母匆匆西行，不着一语。

正所谓，子欲养而亲不待。

在春节逼近的时刻，我想起慈母的笑容，想起她为我做的一切，我不知母亲在极乐净土的生存状况，更无法感知她的喜怒哀乐，只能任自己的泪水长流……

母亲大人，儿在此祝您新年快乐了！

2006.1.21

年俗的片断

我不知道自己于“年”的感觉是怎样丧失的——是不断长大、是空间迁移还是生活质量的变化所致？

似乎三者皆有之。

我对艰苦生活最深刻的记忆是在农村，那是 16 岁之前。那个有着无数梦想的内向的孩子，是以怎样的心情在北中国的腊月里，计算着少年的农历新年啊。

“年”，那时仅仅意味着：一顿没有多少肉的白菜馅饺子、一件用母亲旧装改造成的黑色棉衣、一挂廉价得仅有几毛钱的鞭炮。

在山东的乡下，进入腊月，小孩子们的规矩便多起来。如初八要喝腊八粥，母亲便告诫我：喝了这粥就等于把嘴“糊”上了，整个腊月和正月不得骂人、不得说不好听的话。

过了腊八，各家各户都开始“扫屋”，把屋里屋外打扫得干干净净，也意味着扫除以往的晦气，迎接来年。

大年二十三，是小年。这天要“辞灶”，因为灶王爷被尊为“一家之主”，乡民们供奉他，是要其“上天言好事，下界降吉祥”。

过了年二十三，就要置办年货了。小的时候，家里往往是杀一只鸡、放几棵大白菜在锅里炖（菜名叫蒸鸡）。熟了后一掀锅，满屋子香气弥漫。但是，我们也只有眼馋的份儿，因为鸡肉要等年后亲戚来访时招待用的，小孩子们吃几片没有什么油水的大白菜，就算是美味佳肴了。

大年夜的菜谱各家各户都惊人地相似：芹菜（勤）、豆腐（福）、香菜（香）、蒸鸡（吉）、小咸鱼（余），无非为了讨个口彩。老家过年夜和其他地方好像有所不同，基本上是：除夕之夜早早入睡，过了凌晨零点则放鞭炮、上菜、喝酒；妇女们则在酒席开始前给各位神灵烧纸钱，同时嘴里念念有词，好让来年降福于全家；小孩子于懵懂中被叫醒，穿上新衣服，等待吃年夜饭。

凌晨四五点，大家互相串门拜年，小孩子们在拿到一块或两块的压岁钱后，便在院子里寻觅那些散落地上、没有响过的鞭炮。

大年初一，是“解放”的日子，这天除了到处拜年，就不要干什么事情了，所以乡下有句俗话：“大年初一，婆婆做饭给媳妇吃”，也就是说辛辛苦苦干了一年的“革命工作”，也该歇歇了。

年初二，就开始走亲访友了，直到正月十五元宵节，新年的大幕才渐渐拉上。

我常常在想，农村这些年复一年而不断重复的民俗，到底有什么意义呢。它是否像是一些习惯法，在无形之中支配着乡民们的行为？我成长到对“年”几乎没有知觉的今天，我更觉得少不更事时对于“年”的切盼，以及等待新年到来的过程，更像一个自己不断接受传统伦理教育的过程。那些清规戒律，是那么深刻地烙在我的骨子深处，永难忘怀。

上古时代，“黄帝垂衣裳而治”——这里的“治”，是大家按照共同遵守的习惯法来建立社会秩序和规范道德标准，那时没有专制，却秩序井然。在没有被现代化浸染的一些乡村，这些习俗就像上古时代的习惯法，支配着人们的言行举止。

法治，是否也要这样，人们发自内心的要求而规范自己的行为，由下而上实现？

2005.11.9

快乐与物质的多寡无关

年关已近，想起少时在乡下的过年，遂记下脑海中的片断——

小的时候，一进入冬月，村南河边的芦荻就完全干枯了，这时候村里的人们就去收割。收割归来的母亲弯腰背负高耸的一堆荻，年幼的我在后面跟着慢慢走。

娘儿俩永恒的问答——什么时候过年啊？回话是：快了。

这个话题似乎持续于整个童年和前少年时代。

小时候等待过年的感觉真是度日如年呢！一天一天好不容易熬过去的缓慢，无疑是童年最深刻的记忆之一。

为什么那么盼望过年？因为过年可穿新衣，又有好吃的。

平时没有什么油水，没有好吃的，没有新衣服穿，只有过年能让孩子感到生活的彩色。所谓的“新衣”，其实只是一件半旧的新衣，还是母亲用她的衣服改造出来的，穿在身上是那么高兴，而且在大年夜总是翻来覆去地难以入睡；所谓“好吃的”，其实只是几盘缺肉少鱼的青菜，可是在孩子的眼中真的是美味佳肴。

而忙年，在那个穷困的时代，真是难为大人了。进入腊月，乡下的年味开始渐浓起来了。似乎每天都有一些章程，大人都在匆匆地为过年做准备，村里的孩子们却热闹着，街头巷尾时常响起鞭炮声，还有三五成群的小朋友的玩闹，都是整个腊月中最常见的景象。

那个时候穷却快乐，物质匮乏却让人有希望。

而今天呢？我们只觉得光阴如箭，没有了盼望，没有了等待。过年，大约成了一种应付。应付你周围的人，乃至应付你自己。然后在心底深处悠悠地叹一声：好快啊，又长了一岁。

与自己的童年相比，我的女儿彻底失去了她爹童年时过年的快乐。或许是要风得风，要雨得雨，小小的她没有那种因为得不到而生出的失落与盼望。

你能说这是一种幸福吗？少了那么多的生活体验与感受，对于成长又有什么好处？

快乐只在自己的内心，似乎和物质的多寡没有多大关系。这从我对于过年的感受中能清楚地看出来。今天，当日益讨厌自己臃肿的身体，我开始觉得物质的可恶，它对于我们的精神是何等的一种侵损！

何时，我才能讨回久已失去的童年的快乐与幸福呢。

2007.2.6

生日、平安夜、圣诞及其他

早晨，父亲从山东打电话给我，说昨天一天都联系不上：手机没有开（其实上午的确忘了开），办公室电话总占线（我在上网）。他说找我的目的是要告诉我不要忘了生日，因为已经满 30 岁了。父亲还说，他和母亲为了这在昨天晚上还专门吃了一顿，以示庆贺。

接电话的时候，我便愧疚得要命，暗骂着自己。

母亲和父亲每年都记着我的生日，小时候在山东，每过生日母亲便煮一锅面条，做一些好吃的卤浇上，算是拮据的生活中一顿难忘的美味了。上大学以后，每到快过生日时，父亲也总是受母亲委托，打长途提醒我一下，要我吃面。

我之所以愧疚，是因为尽管几次有意识地想记下父母亲的生日，但脑子就是不争气，总也不能牢记，以致我常常自责。父母对于子女的情分是发自内心深处的。关于这一点从我女儿降生后我也慢慢有了体会——亲情之爱，是不讲究任何回报的一种纯粹的情感。

把话题扯回来。我的生日是 1971 年的 12 月 26 日，那一年农历是 11 月 9 日。按照当时农村的规矩，上报户口都用农历，所以我的户口本、身份证上的出生日期都是农历的，而父母给我过生日也从来只认农历，公历的生日是从来不问的。但记得很久以前看凤凰卫视的一档《锵锵三人行》节目，和我同月同日生的嘉宾梁文道称自己是“上帝的礼物”，因为圣诞节的次日，西方的孩子往往打开礼物盒子，那是上帝的礼物。当时，我只觉得梁的自诩有趣，便记下了这典故。

在写这短文的时候，对父母的感恩涌上心头，他们含辛茹苦照看这“上帝的礼物”，除了日渐老去，并未收获什么。上帝其实是不公正的，他看着世间的苦、世间的恶，却什么也不说，只等着我们思索的时候暗暗发笑。

当这个越来越物质化的社会日益逼近我们的时候，我们还能否忆起那些亲情？我们如何再向“人”接近？

今夜是平安夜，silent night，祝福我的父母，祝福我的兄弟姐妹，平安。

2001.12.24

我的病，娘的痛

30 岁后的某天，一位阿姨在仔细观察了我的左手掌后说，你的呼吸系统、肝、神经系统都有些问题。

在我还不太懂事的时候，本村的赤脚大夫用手触摸我的右肋下，忧心忡忡地对我母亲说，这孩子肝大。

肝大，是营养不良所致。我出生的 20 世纪 70 年代初期，正是山东半岛内陆地区最为颓唐之际。食物是缺乏的，尤其是在乡下。我出生 7 个月时，母亲就没有奶水了，她用嘴嚼着粗粮一口一口喂自己的骨肉，我想象得到，当时 25 岁的母亲眼里是噙着泪花的。

母亲的信念是极为坚定的，就是无论多苦，无论多难，她都会把这男孩养大成人。家里只要有一口好吃的，她舍不得自己吃，都是喂给我以及后来出生的妹妹。然而，生活毕竟太贫穷，母亲只能眼睁睁地看着我体弱多病的身体，心痛无比。

最初出现了肝肿大，消化不良，持续了多年。大量吃药打针，我的臀部至今保留着因幼时注射而肌肉僵死造成的凹坑，每当触及它，我就想起多病的童年，还有心急如焚的母亲。

大概从 5 岁开始，哮喘又缠上了我，哮喘病陪伴了我的童年、少年，长达 10 年之久。乡下称这种慢性病为“痨病”，所谓“痨病方子，一大筐子”，母亲遍走十里八乡，为我打听疗治的偏方。我记得清楚的药方有两三个，今天回忆起来，依然感到很痛苦。如有一个方子是把蓖麻的秸秆烧成灰烬，然后放入锅里和豆腐一起煮成糊状，吞食下去，由于不能放盐，那种味道是极其难吃的。没有办法，只有硬着头皮吃。还有一个偏方是把麻雀收拾干净，放到掏空内心儿的萝卜里，在碳火中煨熟，连萝卜和麻雀一起吃掉，也因为不加盐，无法吞咽。最后一个偏方似乎是成功的，就是在癞蛤蟆的肚子里放上鸡蛋，用线缠结实后煮熟，只吃鸡蛋。那时我已经是少年了，吃了几次鸡蛋后，哮喘终于渐渐平息。

十年哮喘，其实最受折磨的是母亲。夜里，我喘得厉害，那无法喘息的声音嗞嗞作响，如同拉开一张破弓，又如用刀切割肌肉，十年间那声音始终揪着母亲的心，她常常是扶我起身，用手轻捶我的背，以缓解病情。很多的时候，我因不能喘息而哭泣，母亲亦落泪如雨。

读小学后，我开始莫名其妙地偏头疼，那种疼痛是否就像唐僧念紧箍咒时悟空的疼痛，总之非常难受。安乃近、阿斯匹林等便宜药物成了我的伴侣。到了初中时代，除了头痛，鼻子总是出血，似乎有一个无法看到的出血口，只要轻轻一碰，鲜红的血就瞬时流淌下来，不可阻止。母亲找了很多赤脚医生，终于有一天配置了一种药面，她给我分成好多包，只要鼻子一出血，就把药面倒进去，效用似乎不太好。上了大学后这些毛病才有所好转。

高中时代能吃到白面馒头了，父母每周给我 5 块钱生活费，身体也渐渐好起来，但免疫力依然低下，经常感冒发烧。我周日骑自行车回到煤矿，母亲时常买几斤排骨，煮一锅排骨汤，那香味能飘出好远。吃排骨喝汤的时候，母亲总是疼爱地看着我美美地吃完，才默默吃一些残羹冷炙。成年后我回想起这一幕幕，觉得自己很自私。

上大学的时候，有一年，我觉得肝区疼痛，就在写给父亲的信中透露了一下。母亲非常担心，和父亲简单商议后就登上了到上海的火车。那天我并不知父母的到来，大概是到其他学校会老乡去了，回到学校时，风尘仆仆的父母已经坐在 3 号楼 208 我的宿舍里了。

我的病，娘之痛。所能记得的，只是一些浮光掠影。母亲在我生病时候所有的担心、焦虑、疼痛，今天的我只可感知万一。母亲走了，但她在天国依然爱怜着我，佑我。

母子连心。娘啊，请放心，我会好自珍惜，因为您的爱子还有更重要的使命没有完成，我还要照看您的至爱——我的父亲，妹妹，还有其他您惦念的亲人。

2005.9.14

与母亲的一次冲突

不太了解我的人多数认为我性格温和，不易发火。其实不然，很多朋友在不同场合，都目睹过我的坏脾气。

对于母亲，我 34 岁的人生履历中几乎从未冲撞过，慈母的教导、批评、嘱托，在我看来都是“金口玉言”，言听计从。

因我从小特别听话，四邻八舍、亲朋好友中都风传母亲在一双儿女中特别偏爱我（其实母亲对我和妹妹一视同仁，只是妹妹不似我那般听话，经常挨一些责备而已），而少时的我似也很受用这种“偏爱”。如小时候的初春，万物复苏，冰雪也渐次消融，我在村前的藕塘冰面上玩耍，有同村长者劝我不要跳跃以免掉落冰水中，挨长辈责备。我则兴高采烈地拉着长调答曰：“俺娘打海燕（妹妹志霞的乳名）不打我！俺娘打海燕不打我！”意思是即便我掉进冰水中，娘也不会打我，而如果妹妹这样做了，就会遭打。

有一年冬天，我真的掉进冰中，不敢回家，躲在三叔家的门口晒太阳。想不到的是，冬天的太阳并不温暖，湿透了的棉裤反而结冰了。三婶出门发现了可怜的我并告诉母亲，娘找到她的傻孩子后一句话也没说，静静地把我领回家换上了干衣服，而她则在灶台上默默地把那结冰的棉裤烘干。

我和母亲唯一一次直接的、也是最严重的冲突，应该是在我上学前，八岁那年秋收后。从田地里收回的玉米秸堆在自家房子后面，一大早天蒙蒙亮，要趁太阳未升尚有露水时，把一株株玉米秸上软的叶子撕下来，用机器磨成饲料喂猪。那是一种很机械、量很大的劳动，强度不大，但很费时间。

我和母亲一起撕玉米叶子，可能是干累了，而妹妹还在睡懒觉，我就有些愤愤不平。母亲很严厉地批评我，由于以往她对我多是和风细雨，那天，她的批评在我少年的心里大抵有些承受不住，一怒之下，我拂袖而去。母亲问：要去哪里？我说：我要走，不在这个家里了！母亲接着说：走了省事啊，以后也不用给你盖房，不用给你娶媳妇了。

我当时只是生气，并无出走的目标，然而就这样负气向村北走去，走了大约二里地，在一个浅水湾旁边遇到了大姑，姑姑问我到哪里去，我随口说到另外一个村去，而朴实的大姑并不知我和母亲有了口角，所以并未阻拦。

之后的情形我已经忘了，可能是在外面转了半天，最后在傍晚没有地方可去，又回转到我们的村子，而那时我的怒火还未消减，就到了村东边的五婶家。

我和五婶痛说了母亲的诸多不是，并表明了自己极大的委屈。清楚地记得五婶听完我诉说后的笑意，那笑当然是笑我的幼稚、好玩，善良的五婶好像为我包了饺子，是一顿美食。

五婶通知了焦急的母亲，母亲已找寻了我半天。

母亲见到我就笑了。我却一脸严肃，似是不原谅。

这次事件使母亲看到了我性格中刚烈的一面，从此不再把我当成小孩子。

那一年，在母亲的眼中，我已是不再能被人轻视的男人。

2005.9.5

母亲和城市：匆匆上海之旅

一位常看我博客的亲人批评我懒，内容好多天都不更新了。

事实上对于母亲，我已经写不出什么来了。昨天发生的一切，都如同梦境，多数情节都无法记起。今天写的是母亲唯一的一次上海之行。当时我在华东政法学院读大学。

四年的大学，其实是体验亲情的人生之旅。尽管我已经成年，但丝毫没有独立生活的能力。那时，父亲在一家工厂上班，每月不到 200 块钱，母亲在单位打扫卫生，也只能拿到可怜的 50 块。我和妹妹上学，都要许多钱支撑，而且，爷爷的身体也不好，需要父母以及大爷、叔叔们轮流照料。

正所谓上有老、下有小，父母面临人生最艰难的一段岁月。即便他们再省吃俭用，也不能冲抵各种开支。母亲那时身体已经相当不好了，但她有了病从来不看，为的是省出钱来供我们上学。

闲暇的时间，我知道母亲还在煤矿附近的路上拣煤渣，靠日积月累换一些可怜的碎银补贴家用。

坚强的母亲从不认输，她曾说过，就是要饭也要把你们培养出来。她对我的爱体现在每一个细节上，让我永远无法忘怀。

不记得是1992年还是1993年的春天了，在一封家书中，我简单提及我的肝区有些疼，没有确诊是否患了肝炎。母亲一下就紧张起来，她知道我小时候曾经有过肝大的毛病，一直没有治愈。

母亲和父亲在一个下午突然造访了上海。我没有提前被告知，所以也无法前往火车站迎接。两个没有念过几天书的亲人就这样到了沪上。父亲说，他和母亲一夜没有睡，因为没有座位，双亲站着、蹲着，很没有尊严地劳累了一路。

母亲询问了我的情况后，见我没事，立即要走。在我的坚持下，他们逛了华东政法学院对门的中山公园,还有外滩。一日踏尽上海滩，对于上海，他们并没有多少感性认识，就踏上了归途。

当时拍了一些照片，记录了他们在上海的游历。他们朴素的衣着，满面风尘的样子，今天看来，更让人心痛。

2006.9.22

母亲和城市：与北京的缘分甚浅

当回忆母亲大人，那“忠孝不能两全”的名句让人想来有种撕心般的痛。

经过父母的抚育，老师的培养，单位的接纳，23岁的我从1994年7月起开始为社会服务了，努力工作——或许这就是尽忠吧。对于我这个异乡人来说，这意味着自己已宿命地走上一条背井离乡的不归路，远离爹娘，远离亲人，伤痛的时候也只可在城市的角落孤单地舔舐流血的伤口，并不能告人，包括爹娘。

其实所谓的尽忠，还不如说是为了自己早就膨胀的功利，所谓成就自我，所谓高官厚禄……

就是为着在今天看来是荒唐的东西，而忽略了自己的爹娘。

刚毕业时，似乎还写过一两封家书，后来开始浮躁地用电话取代，电话也不是经常打，打的时候也只是几分钟，三言两语。心已充满尘世浮华，无法天天惦记亲爹亲娘了。

刚毕业的前几年，每年回山东的次数很少，有两年甚至干脆没回家过春节，待在单位加班。彼时，父母在除夕之夜是一种怎样的感受啊，当儿子在北国的大年夜对来年满怀壮志豪情时，他是难以料想含辛茹苦养儿育女的爹娘，有着一种怎样的凄凉。

完全是一种自私自利的念头在统治着我这个“有为青年”。没有了爹娘，没有了亲人，只有自己的前程。孝，实际上已经被所谓的尽忠挤压到了最小，以致我竟多年无心专门邀请父母来京游玩。

从大学毕业参加工作到 2003 年 8 月母亲去世，这整整 9 年间，她到北京一共才有 3 次。

1999 年，单位分了房子，母亲知道我很忙，估计没有时间搞装修，就动员父亲一起到了北京。这是他们首次来到伟大祖国的首都，此时我参加工作五年多了。他们在陌生的京西一起买各种装修材料，买各种生活用具，每天盯在现场，居然没有拿出几天时间转转。记得后来我终于挤出了可怜的两天陪他们到了动物园，到了颐和园，走马观花。房子装修结束，父母就匆匆返回山东。

第 2 次到北京，是因为女儿生病。他们过来是为了照顾孩子。具体日期忘了，发生了什么也记不清了，但时间肯定也是非常短的。

父母第 3 次到北京，是 2002 年的 11 月，是在我的强烈要求下来的。后来妹妹告诉我，母亲在来京之前权衡再三，非常不情愿来，还哭了一场。

母亲和北京的缘分的确很浅，留在她记忆中的北京并没有多少美好的印象。问题在我，这也是我心痛的最主要原因之一。当我忙于尽忠，当我忙于名利，却远离了尽孝。今天，当思想日益成熟的我开始反思，开始忏悔，母亲却已撒手人世——即便你有心有力并试图尽孝，母亲已不在了。

何等痛切啊。耳畔是那首凄美的粤语歌曲《念亲恩》：

长夜空虚使我怀旧事 / 明月朗相对念母亲 / 父母亲爱心 / 柔善像碧月 / 怀念怎不悲莫禁 / 长夜空虚枕冷夜半泣 / 遥路远碧海示我心 / 父母亲爱心 / 柔善像碧月 / 常在心里问何日报 / 亲恩应该报 / 应该惜取孝道 / 惟独我离别 / 无法慰亲旁 / 轻弹曲韵梦中送。

大学时代，当我学唱陈百强的这首歌时，只是为那婉约的歌声所动，不能体会其中的深意。今夜听这歌，默默体悟词曲中蕴藉的爱与哀愁。

母亲，且等我，愿来世再做您的儿子，那时，我会好好地做。

2007.2.7

母亲和城市：梦里依稀慈母泪

母亲最后一次来北京，是2002年的初冬。当时，因为好久没有见到父母了，甚为想念，就数次致电，催促他们过来。

母亲冥冥之中觉得有什么不对劲的地方，就特别不愿意展开这段行程。后来拗不过，就乘坐父亲单位领导的小车上路了。但事后妹妹对我说，母亲在上路之前曾经很莫名地痛哭了一场。

那次的旅程非常不顺，堵车，下了高速公路，好像是绕到了河北某地，母亲开始喘不动气，父亲动用了一些急救药也不太奏效。而令人倍觉神奇的是，就在堵车现场处不远，有一家小医院。大家七手八脚把母亲抬到医院，经过医生紧急抢救了20分钟，母亲终于缓了过来。她那次经历的，是一次比较严重的心肌梗死，如果不是恰好附近有那家医院，恐怕就会有生命之虞了。

父母到京后，我赶巧参加新闻出版总署一个为期15天的培训班，逃不脱。每天在平安大街一个地下室上课，而且吃住在那里，被禁锢的我时刻挂念孤单的父母，却没有办法陪他们。

那次在北京，母亲在我家中，抱着她的小孙女拍过两张照片，这也是她和孙女的唯一合影。

在培训班结业前两天，我把父亲母亲接出来，陪他们参观了平安大街的夜景，为她拍了一张夜色中的照片，母亲一脸的笑意。但想不到的是，这竟然是我最后一次为她拍照。那几天，北京刚下过一场大雪，天有些冷。陪父母下了馆子，为他们点了两份鱼翅。那顿饭，是我请父母吃的最贵一餐，花了 960 元。也是我请父母共同吃的最后一次正餐。母亲在餐桌上一直絮絮叨叨地批评我浪费，并说自己吃素，不应该点这么贵的饭菜。忆念这些场景，遥想母子一场几十年的缘分，此刻，又忍不住落泪，泪水大颗大颗滴在脚下的地毯上……

时空转变，恍若梦幻。2006 年五一前，我还在浙江出差就和父亲商量，过节和阿姨（父亲第二任妻子）一块到北京来转转。五一节当天晚上，他们如约而来。这是父亲再婚以后第一次和阿姨双双来京，在他们彼此的历史上也都是很有纪念意义的事。对此，我的情感非常复杂。

父亲在心脏病搭桥手术后，一是身体得以复原，重新走上健康之路；二是感情生活也因阿姨的进入而有了新的开始。我和妹妹怀念慈母，常常心痛得落泪。但我们都明白，忆念慈母，就要好好照看父亲，照顾好自己，就要尽量满足父亲的物质和精神生活，不可陷于一种狭隘的爱而自扰。阿姨是一家医院的护士长，性格温和，对父亲关爱有加，我和妹妹非常尊重她。父亲虽然经过手术，但心脏终究还是有病的，身边需要有人照料，妹妹出嫁了，我在北京工作，都不可能在他身边，比父亲小 7 岁且有专业医护知识的阿姨当然是最好的人选。阿姨的到来，是父亲的福分，也是我们兄妹的福分。

5月4日，我陪父亲和阿姨到了雍和宫，这是北京地区规模最大、保存最完好的喇嘛教寺院。信佛的父亲在这里认真上香、拜佛，虔诚无比。阿姨也跟着父亲一起烧香，默念。注视他们默契的神情，我从心底里生出一种欣慰之感。

梦里依稀慈母泪，醒来翻滚人世间。人生就是如此无常，三年多前，是父亲和母亲在北京的停留，而三年多后，又有了父亲和阿姨在首都的盘桓。

2006.5.4

佛 缘

不知始于何年，是什么机缘，母亲信佛了。

每次回家探望双亲时，清早总留意到母亲匆匆出门，说是和阿姨大妈一类好友一起拜佛。我还注意到，母亲每天都很认真地念一些通俗的、在民间流传的经文，不是那些艰涩难懂的佛教经律论。后来家里还供奉起观世音菩萨的佛像，香火缭绕。母亲还让父亲一起念佛，偶尔也让我抄写经文，当时，我是很不情愿的，母亲往往不太高兴地数落我。

母亲是菩萨心肠刀子嘴，口头上从不饶人，但是心地良善。从小她爹娘早逝，并无人疼。及至出嫁后，在一个大家族中做媳妇，也是吃了不少委屈。但是，她从来不怨天尤人，靠自己的坚忍和耐力走了过来。正所谓忍辱波罗蜜，就是不但承受精神的屈辱，还在身体上承受繁重的体力劳动。

我个人认为，她走过的坎坷路途让她陷于思索，并有了某个机缘皈依了佛。她常说，我前世欠你们赵家的，所以才进你们这个家门，受苦是为还前世的债。所以，即便年轻时候爷爷奶奶不太满意我倔强的母亲，但晚年，他们感佩于母亲的极尽孝道。

母亲对于佛的理解虽不甚深，但她深信因果，极为虔诚。2003年农历7月24日凌晨，她驾鹤西行，她原来的很多同修羡慕不已，认为她修得好，已被阿弥陀佛接引至西方。

母亲去世的那天凌晨5点，我还在福建漳州东山岛海边游泳，天边出现了一道彩虹。那时我尚不知母亲已经往生，今天回想起来，那也许就是母亲西行的瑞相。

信佛的人往生后，身体多是柔软的，面容慈祥，并无痛苦。我从福建辗转乘飞机赶回山东时，母亲已经走了将近二十小时了，然而她的躯体依旧温软，似在沉睡。第三天，当我怀抱母亲的骨灰前往墓地、客车徐徐启动时，天空突降大雨，老天似以这样的雨水表达一种悲痛，当骨灰盒放入墓穴，盖棺填土之时，大雨骤停，阳光从云间洒落，似万道佛光的照耀。此情此景，令在场的好多亲朋为之惊叹。

母亲走后，我无限哀伤。我无法记起是在什么时候，接触到了《地藏菩萨本愿经》，这部经是佛为母亲摩耶夫人说的一部孝经。有人告诉我，多读这部经，就能与母亲有感应，今天，我已经多次读它,每次读就有一次不同的感受。读着读着,就想起慈母的音容笑貌,每每泪流满面。

母亲走后，父亲对于学佛不断精进，供奉观音，似有不少灵感。2005年农历6月19日下午我偷偷回家，他笑着说：我早上上香看香谱，就知道有客自远方来。

“佛是至善圆满的教育”，母亲和父亲对于佛的信解行证，使我对人生有了全新的看法。

2005.9.8

永远的鞋垫

前天晚上回家很晚了,打开电视,正在播李咏主持的《梦想中国》,一位沂蒙山区的大嫂坐在台阶上，戴着花镜纳鞋底。那一针一针扎透鞋底的认真，让我一下子想到母亲。

歌者谢晓东的歌曲《中国娃》中有一句 :“最爱穿的鞋 / 是妈妈纳的千层底 / 站得稳走得正 / 踏踏实实闯天下。”从我记事起，脚下的布鞋、棉鞋都出自母亲的手。母亲是精于女红的，四邻八舍都对她的巧手赞不绝口。我和妹妹的单衣、棉衣、鞋子、被褥，都是母亲一针一线做出来的。家里有个针线笸箩，里面有锥子、针线、顶针、纽扣、麻线等等，母亲做鞋、做衣服、缝缝补补，用的都是笸箩里的工具。由于白天要下地干农活，母亲大都是在晚上昏暗的煤油灯下开始这些针线活的，针线在她灵巧的手里飘过来荡过去。剪鞋样、粘鞋面、纳鞋底、修鞋边，最后把鞋面和鞋底缝合起来，朦胧的灯影里，在我和妹妹轻轻的鼾声中，一双双新鞋就这样慢慢地完工了。

1990 年 9 月，考上大学到上海报到前，母亲为我做好了崭新的被褥。那也是我长到 19 岁的第一次远行。那个车次是从烟台开往上海西站的，从方向上看，从我们县城上火车，要先西行至济南才转弯南行。母亲是没有地理概念的，她只知道上海是在我们家的东南方向，火车怎么要向西开？！所以，母亲去世后，我曾经在献给她的诗中记录了这个场景："母亲，还记得1990年秋天西行的火车吗／我看到了夕阳中你的奔跑，你不知这火车会在济南转弯，南去上海／少年的心还沉浸在远行的兴奋中，你却陷于忧伤／你感受到了离别，感受到了不能把握。"

1994年7月，大学毕业分配到北京工作。母亲很高兴，她依然花费了很长一段时间，精心为我做了一套全新的被褥。7月24日，父母把我送上了北去的列车。从此，我开始了在异乡孤独的流浪与打拼。很多时候，满脑子名利的我忽略了母亲。每年仅有几次探望父母的机会，而回家后也停留不了几天。即便是短短的几天，也被别人拖出去喝酒。有一次，被一个小学同学灌醉后，母亲甚至很严厉地骂了他一顿。那次醉得很深，母亲一口一口用嘴喂我水，心疼得泪落如雨。

工作以后，母亲不能见到她的儿子，她疼爱我、思念我的方式，就是默默地做鞋垫，一双，一双，没有停歇地做，鞋垫上绣上花，或者福字。有一次回家，妹妹告诉我，娘给你做的鞋垫够你用一辈子了。有一年，我的同事王刚出差到山东，顺路看望我父母时，母亲还送了他几双鞋垫，母亲去世后，他还专门写了一篇文章来追忆这件事。母亲在世时，我并没有深刻感受到她做鞋垫的深意，而当她猝然西去后，我才体会到：鞋垫垫在脚下，母亲就在身边。母亲的爱和恩情，时刻缠绕着我，让我站得稳走得正，踏踏实实闯天下。

今天，在我办公室的保险柜里，珍藏着一叠鞋垫，那是母亲送给我的最后的鞋垫。每次我打开柜子，看到这些鞋垫，慈母的爱都油然升腾在我的心头，让我无法释怀。我舍不得再穿了，这些鞋垫，连同母亲的爱，永远陪我今生今世。

2006.5.24

青春，流浪的歌

出差回来，走进空落落的单身宿舍，一眼就瞥见了堆在角落里的书箱，那番乱糟糟的样子总给人一种随时要走的感觉。随时要走，壮游不止，这存于内心深处的流浪意识，又把我的思绪牵回到那有着大把大把风声和歌声的岁月。

少年的心，总向往着去远方。那一年，不满16岁，我因激动而满脸绯红。我和另外两位同学，被选送到几百里外的省重点中学就读。那是一座标志着我开始流浪旅程的纪念碑。永远忘不掉那个未落的夕阳下喧嚣的车站，在漫天遍野的金色里，我用一块石头赶跑了家中的那条黄狗。那时我还年轻，全心充溢着即将远走高飞的兴奋，却根本没有留意那渐起的山风里，母亲正用被风尘掠起的衣袂擦拭着她不舍的泪。

孤客千里外，离乡又离乡。我越走越远，后来又去上海一所大学读书。在那座极商业化的城市，我遍尝了漂泊流离的万千滋味。由于家境寒素，有近一年的时间，我偷偷地在一个建筑工地打工，给上海的孩子当家教，到小饭店端盘子。现在想来，要说那多年漂泊在外的日子还有什么值得留念的话，大约就是那些饱尝过的苦涩，而这样的苦涩，是不是也算一种诠释青春的方式呢？

大学毕业后，我来到向往而又陌生的北京，开始另一段空间与心灵的浪迹。有时，我就想，在流浪的全程中我所苦苦追寻的，到底是一个怎样美丽的童话呢？难以作答。可以解读青春的，大概只有流浪了。

友人邮给我一支被压瘪的烟，他希望我在倦于流浪，需要用这种苦涩麻醉自我的时候，要一如既往地想到他。怎么会忘却呢？那年他赴日，我送他到虹桥机场，隔着巨大的茶色玻璃窗，我见他身背行囊潇洒而去，并不回首。那一刻，我蓦然有种“微斯人，吾谁与归”的感觉。清晰地记得，那一天，当我步出候机楼时，大街上正悠扬地响着那首著名的萨克斯风——《归家》。听着听着，我的眼角开始发涩，便垂首注视寂寂的土地上我孤单的影。这《归家》不也是一首流浪中的歌么？

青春的旅途没有家。“何处是我家，我家在天涯。”

1996.12.22

别母东山阿

县城的东边是一片连绵起伏的丘陵，有一座山被称作草山，并不高。山上主要是松树，有风吹过，松涛声煞是好听。

1987 年秋至 1990 年夏，我在县一中读书时，下午的课一结束，多是和同学结伙爬山。登至山顶，西北望去，便可看到夕阳下县城的全貌，风景甚美。

草山以东的丘陵和山，被城里的居民统称为东山。母亲似和东山有很深的缘分，1997 年，我们家从镇上迁到县城东边煤矿的宿舍区后，母亲就经常徒步往返东山。每次从北京回山东老家探望父母，母亲多在清晨带我散步，从家里出发，步行两公里多，就到了东山下。我们边走边聊，聊很多细碎的事情。慈母的询问与嘱托，都在温暖的话语之间。

东山脚下，有一块盆地，懂风水的人称之为“金盆底”，土地肥沃，庄稼长势喜人。母亲除了散步锻炼外，夏天还经常在玉米地里拔草，喂妹妹家的兔子。

母亲所喜欢的东山，冥冥之中成了她的归宿。慈母走后，妹妹才告诉我，母亲其实早就安排了她的后事。我们农村老家有片公墓，在河的北岸。2000年以后，母亲常对妹妹说，我死了不要把我送回老家，那块坟地在河边，夏天一发水，就会把坟冲走。你们真是孝顺的话，就把我埋在东山。

2003年8月20日下午，母亲和父亲在我家的楼下下棋，一种很简单的棋，只是用粉笔在地上划上棋格，然后一方用极小的短木棍，一方用小树叶玩。妹妹说，母亲和父亲下棋时还有说有笑的，下棋结束后，还亲手烙了馅饼，一起高高兴兴吃了晚饭。

当夜10点，母亲于懵懂中醒来对父亲说，风声很大，你看看去。父亲起床看了看窗子，并无风声。凌晨一点多，父亲听母亲说了一句“我这是怎么了”，就把侧身睡的母亲翻转过来，牙关已经紧闭。父亲为她撬开牙关，母亲长出了一口气——父亲感觉这口气不同以往，就赶紧抢救，然而，一切努力都无法挽留慈母匆匆的脚步了。

母亲娄为良仙逝之时，还不满56周岁。她西行的凌晨一点多，我还在福建的海边和省检察院的师兄陈燕在推敲采访省检察长的提纲。接到同学王磊的电话时，已是早上7点。

从东山岛到厦门，到福州，到济南，到昌乐，换了多种交通工具，花了12小时的时间，我的奔丧之旅才结束。当我回到慈母身边、跪在冰冷的床边痛哭，母亲再也不理我了。为母亲守灵的三天，我的泪水几乎流干，痛感自己对于母亲的忽略和人生的易逝、无常。

按照母亲生前的意愿，我们决定把母亲安葬于东山。最终经过各方努力选定的墓地，就在母亲经常拔草的地方，在金盆底旁边一片茂密的玉米地中间。刘源斌伯父请来的风水先生对墓穴选址进行了细致测量，确定了朝向。当我们开始铲除青苗时，有位妇女赶过来，说是她家的地，怎么村里没有通知她们就把青苗毁了，似有不悦。而当父亲和她攀谈起来，这位妇女的公公竟然和父亲是好友！天下事居然有这么巧，天意如斯。当天，姑夫钟光财托人买来上好的石料，母亲墓穴的开掘、建设进展顺利。

2003年8月23日中午，当载着母亲骨灰盒以及所有亲朋好友的大客车徐徐启动，天空突然下起了大雨——老天亦为慈母哭泣。而当我们在泥泞的墓地做完所有送葬仪式，骨灰盒放入墓穴，大雨戛然而止，一道道闪着光芒的阳光从云彩间照射下来，似万道佛光。

母亲就这样走了，重新回归大地。她并不痛苦，如沉睡般走得安然，而把无尽的痛苦和想念留给了我们。慈母走后的三年，我尽管已从极度哀伤中慢慢走出来，但是一旦想到她，就心如刀绞，丧母之痛，痛何如哉。母亲的去世，让我开始观想人生之无常，很多观点发生了改变，我不再像以前那么浮躁，对于生活，开始有了一种不同以往的新的态度。每逢春节、清明、七月十五中元节、忌日等重要日子，只要能回，就赶到母亲的坟前，抛洒怀念的清泪，感念母恩。

问君残泪抛何处，慈母青冢啼哀鸟。

三载离恨愁似水，九天云外音容殊。

2006.8.17

但将慈悲遗子孙

五一节期间，父亲的一位至交也一起来到北京。

和他聊天中，我数次提及母亲的一些往事。哪知这位长辈竟然对我批评起来，大意是："你对你母亲根本不了解，你知道的太少了！"

他说起我在上海读大学期间，没有工作的母亲为了多挣一些钱，经常到附近的小煤矿拣煤，每天消耗大量的时间和体力才卖几块钱。有一次，她被落下来的煤矸石打得头破血流。

我得知的事实是，母亲差点被迅速驶来的装煤的翻斗车埋葬！母亲忍受身体上的劳累、精神上的屈辱，做这样一些辛苦而危险的工作，目的仅仅是为了自己的儿子好好读大学！

"哪怕是要饭，也要把你供出来。"这是母亲说得最多的一句话。那时尽管日子很苦，但总不会苦到需要靠要饭维生的地步，但至少表明了一个母亲对于儿子接受教育的坚决态度。

那时，爷爷奶奶身体不好，需要照顾，我和妹妹上学，花很多学费，而父亲每月的工资不到 200 块。1990 年到 1994 年，我读大学的 4 年，大概是我们家最为窘迫的时期。每个学期要到上海报到前，总是要拿几百块钱走，但当时太寒素了，母亲的手中连几百元现金都拿不出，四下借钱。但是很多人，包括很近的亲戚都冷漠地拒绝了。母亲是流着眼泪到处借的，她忍受着屈辱，是为了她的儿子，为了儿子高贵而有尊严地活着。

“穷在闹市无人问，富在深山有远亲。”今天，当年那些甚至不肯借钱给我们的亲戚朋友求我办事，我能办的全办了，除非是实在无法解决的。“以德报怨”，是母亲多次向我交代的。母亲说，求人不易，求人易受辱，只要人家张嘴求你的，能帮忙就帮忙。母亲的教诲消解了我的怨气，培养了一些慈悲之心。

现在，我是受人尊敬的。但是，今天的一切，包括赢得的尊重，其实是母亲忍辱换来的。我不可有一丝自得。学习母亲的优良品格，就是要学会忍辱，学会忍受肉体的痛苦和精神上的屈辱。

母亲过世后，我曾经陷入无限的悲伤，甚至以酗酒来麻醉自己的神经。但是，现在我已经走出悲伤的阴影，转而通过深深缅怀、通过学习母亲大人的慈悲来纪念她。很多朋友劝我不要再沉溺于过去，要我往前看，我非常感谢。眼下，我要记录、写作这些事，在缅怀之外，更重要的是学习。

忆母母已逝。一位哥哥发来短信说：“请在百忙中抽出5分钟，怀念母亲！她给予我们生命，给予我们最朴素的为人理念，使我们能堂堂正正做人。感恩！在这个特殊的日子。”在母亲节的今日，我写下这些，包括以前的点滴记录，目的就是为了学习母亲，而不是为沉溺于悲伤。此篇，就算是对关心我的朋友们的一个答复吧。

母亲节，让我们共同祝愿每一位伟大的母亲快乐，无论她们在俗世，还是在天国!

2006.5.14

夜来幽梦遇慈母

母亲走了快三年了，奇怪的是，尽管我与慈母情深如海，但不知为何几乎没有梦到过她。一天夜里，我梦到母亲着一件青色的、有些旧的上衣，脸上没有丝毫笑意，且没有和我说一句话。

第二天醒来，我赶紧打电话给妹夫，对他说是否母亲有什么事托梦啊，你赶快到母亲的坟上看看，或许有人动了墓地的土或者别的什么。妹夫赶紧开车去看了，母亲的坟并没有任何异常。

新华社的尹洪东老师颇通周易，那天，我在和他探讨这个话题时，他说，故去的亲人一般不会进入活着的人的梦乡，如果梦到了，一是说明在世的亲人对他们有不周全的地方，比如不孝，需要烧纸钱等等；二是梦到过世亲人的人身体可能会出大的问题。

一个人的肉体只是一件衣服，当旧的衣服不能用了，灵魂就会换另一件新的衣服继续开始新的生命，可能生命的呈现方式会不太一样。所以，对于解梦的那些说法，我基本上是一笑了之。然而，对于一生行善的母亲到底去了哪里，我一直耿耿于怀。

梦是无始无终的。昨夜梦中我梦到了母亲。我判断应当是午夜到凌晨之间。在山东老家的房子里碰到了母亲，母亲的气色很好，脸上都是笑容，而且身上散发一种光芒。她说，我离开家好久了，这次回来看看。母亲在每间房子里转了转，我只记得我趴在她的怀里大哭，哭的声音很大。哭醒了，母亲也不见了。

这天是端午节，依然能够记起少时母亲为我和妹妹包的粽子，里面的红枣好甜，那新采的粽叶散发着一种迷人的清香。

端午节母亲的入梦，在我来说是吉祥的征兆。我终于在梦里见到了笑着的母亲。

2006.5.31

三年生死两茫茫

上周在延庆开笔会，夜里梦到母亲。

是在一条泥泞的路上，她面向我。远远地站着，没有一句言语。

天空阴沉沉的，不知是夜里还是白天。

我一下就跪下了，嘴里喊着娘。她却转身就走，走进路边的一间屋子。

我起身追去，并让旁边的一个老奶奶把母亲叫出来。

您为什么不理我呢。

母亲什么也不说。我趴在娘的怀里痛哭。

梦中的孩子哭出了声。

同住一室的兄弟小钱听到了我的大声抽泣。

清早醒来，我说昨夜梦到了娘。小钱说，听到你的抽泣了，很诧异。

早餐前问我的老板，今年好多次梦到母亲了，以前极少的，是不是有什么问题啊。老板说，哭是好事，能释放一些东西啊。频繁梦到母亲，说明你还是割舍不下。

再过20天,母亲到另外一个世界就整整三年了。而这三年之中，我把前生欠她的泪水还了大半。电话另一头的妹妹总是劝我，而她却跟着泪如雨下。

没有娘的孩子是不是都这么可怜啊——心里空落落的，没有依靠。

母亲疼爱我和妹妹,但决不娇惯。所谓授人以鱼,不如授人以渔，我还不到10岁，她就开始让我学做饭，10多岁时，学习种地、种菜、针线活。1997年，我在北京西区租住的房子前面有一片空地，就打电话让母亲寄了一些种子，有尖椒、扁豆、黄瓜等，后来的收成是不错的。

母亲对我们的悉心教育，让我和妹妹在踏入社会时受益无穷。努力工作，不问前程，因为我想大不了回家种地，种地也要当个好农民——这些放松的心态，都和母亲的教导无法分开。

昨天和父亲通电话，他说按照本地风俗三周年不用祭奠，七月十五中元节上坟即可。

一切一切都是梦。记住这句话，也许就不会太悲伤。

2006.7.27

彼岸信笺

娘：

您在净土还好吗？这是您走后我给您写的第一封信。您离开我们快四年了，除了多次在梦中与您相见，父亲、我、还有妹妹志霞都没有您的消息。

以前，我总记不住您的生日，但是那年我很认真地说要给您过60大寿，您虽然不以为意而一笑了之，但我却是暗自下了决心的。转眼，今年农历10月8日，您就满60了。虽说阴阳两界，但作为您最疼爱的孩子，我为了兑现曾许下的诺言，还是用我自己的方式来表达对您的祝福。

2003年8月21日，您离开我们后的一周，深爱您的父亲承受不了这么大的打击，突发急性冠心病，生命同样危在旦夕。在送别您之后，我就护送他住进了北京阜外心血管病医院，经过全面检查、会诊，于9月22日进行了冠状动脉搭桥手术，手术是著名外科大夫许建屏做的，非常成功。父亲此后的康复十分迅速，我和妹妹都很高兴。

2004年，有人向父亲介绍了孙阿姨。尽管生前您曾经几次嘱咐我和妹妹，在您走后要尽快为父亲物色老伴，当时大家都以为这是玩笑话。但当您猝然离去，当您交代的事很真切地摆在面前时，我们还是很难接受的。毕竟，对您感情太深厚了，似乎不能容忍她人的进入。后来，我多次和妹妹交流，最后终于达成了共识。我们知道您深爱父亲，因此肯定希望他晚年的生活开心、平安。父亲为了安度晚年，再次选择开始一段新的感情之旅，也无可厚非，做儿女的不能把个人情感强加给他，爱父亲就要让他做自己愿意做的事。

2004年底，父亲和阿姨领了结婚证，我放年假回来还喝了他们的喜酒。阿姨比父亲小7岁，是一家医院的护士长，性格温和，对父亲非常好，我和妹妹对她颇多好感。父亲毕竟已步入老年，妹妹已经出嫁，我又在外地工作，有阿姨照顾父亲，是父亲的福气，更是我们的福气。

娘，对您我是极其愧疚的。大学毕业以后，因为忙于工作，几乎把您和父亲忽略了，一年回不了几趟山东老家，也懒得写家书了，代之以短促的电话。在我的生活基本步入正轨，刚刚开始有条件尽孝之时，您却未能享些清福而匆匆离开了您的亲人。这个巨大的打击带给我们兄妹二人的疼痛是终生的，是永远也无法弥补的。

也算是弥补这样一种遗憾，我和妹妹侍奉父亲亦加倍认真。妹妹几乎天天都到父亲那里，做饭，洒扫，接待来客，相当仔细周全。我因工作原因不能膝前尽孝，但经常通电话询问情况，密切关注他的健康状况，每逢大的节假日也会陪陪他。

母亲，您走后，我曾对父亲许诺每年陪他至少到几个省游玩。从2005年到今年，三年来我已陪他走了六七个省。

2005年春节，我们爷俩首先到了福建省，游览了厦门、莆田、福州。

或许我和福建的缘分太深之故，我对她有种说不清的感受。您的孙女赵梓彤出生时我在那里，您突然诀别，我还是在那里，这些人生重要的时刻我都在闽省出差。另外，我最要好的朋友福建也最多，游振辉、王磊、沈建华、邱景辉、陈燕、郑宁、左向真……8 月 21 日，您西行的那天清早，父亲就是通过我的挚友、莆田市检察院主诉检察官王磊找到了还在东山岛上的我。

那一次新年的福建之旅，我在第一篇游记上这样写道："这个除夕之夜，当我乘坐飞机，在电脑的键盘上敲击上面这段文字时，我还是心潮澎湃的，我旁边的父亲睡着了，发出均匀的鼾声，他的心很定。此刻，我非常怀念我的母亲，如果她健在，如果这行程中有她，我会觉得更加激动。但我知，此次即便母亲没有随行，但她九泉之下一定含笑，她一定乐见我的父亲再次娶妻，她会乐见儿子携她的丈夫南下远足。"

娘啊，没有您的旅程真的是一个遗憾。尽管我和父亲收获了一些旅行的欢乐，远行的奔波也验证了父亲手术后的健康，但我们还是更加想念您。

2006 年大年三十，妹夫驱车送父亲和我、王东到济南遥墙机场，此行的目的地是海南三亚。在飞机上写游记，我这样记录当天的场景："每当和父亲愉快相处，我们都会想念起母亲，今天清晨，我看到父亲在客厅翻阅纪念母亲的那本画册，很专注的样子。看来，30 多年的携手，母亲与父亲间的那份爱，始终在他的心头萦绕，无法抹去。母亲去世快三年了，虽然想起她仍心如刀割，但昨天下午为她上坟，我第一次没再失声痛哭。时间是最能消磨一切的，它似渐渐稀释了我的悲伤。"这次远行，父亲特别兴奋，在三亚，他朝拜了观世音菩萨 108 米圣像，还到了天涯海角、鹿回头等著名景区。回程我们到了广州，夜游珠江，攀登白云山，赏越秀花灯。我和父亲在感慨交通的便利、壮丽的山河之时，还是不约而同地怀念您，如果您能和我们在一起该是多么好啊！

今年的大年三十，我们爷俩从青岛飞往上海过年。1993 年您和父亲得知我身体不好曾经到过上海，父亲清楚地记起当时是 1993 年的农历 3 月 3 日。转眼之间物是人非。14 年后，当父亲在我陪伴下再度踏上上海的大地，一切都没有变，上海滩还是永远的上海滩。然而一切似乎也全都改变了，您诀别我们驾鹤西去，父亲容颜已老，我自己亦从一个懵懂少年步入中年。

大年初一，陪父亲到母校华东政法学院，校园依然那么清静，那么美丽。四号楼、韬奋楼、小草坪、东风楼、图书馆、校园桥、苏州河、我住过的二号楼……父亲指点着曾经到过的地点，嘴里多是“没有变”的评价。大年初二到初五，我们还到了苏州的周庄、杭州、普陀山……可惜的是，爷俩的身边少了母亲您。

娘，今后只要父亲的健康状况许可，我依然要陪他远足。父亲生活得幸福，您在彼岸定能放心。我和妹妹也会努力照顾好他和阿姨，我们兄妹之间也会相互照料，务使身心皆安。

娘啊，祝福您的 60 大寿，愿您在彼岸万寿无疆！

儿志刚敬上　2007 年 3 月 26 日　清明节前夕

父亲的回忆

四月初八是佛祖释迦牟尼圣诞日。早上，父亲见到我就给我两页纸，他说我为你母亲写了一篇文章，你打印一下吧。当时，阿姨也在场。尽管父亲已经有了第二次婚姻，但是我感觉他对母亲的感情依旧，怀念依旧。父亲只读过两年的书，文字表达能力有限，但从简短的文字中，我察觉到了他对于母亲那浓浓的情。下午，我敲击键盘，在保持原貌的前提下，对他的短文进行了梳理。从这篇文字中，我得到了很多以前未知的信息。母爱无涯，可能穷尽我一生，也无法写完。而事实上，当我发愿回溯母亲历史之时，我越来越觉得对于母亲并不了解，对母爱的伟大也只可描摹万一。

赵立成：追忆夫人娄为良

农历 1970 年 2 月 26 日，在村南的汶河旁边我和娄为良初次见面，算是相亲吧。介绍人是我们邻居的表姑。

双方见面后的第一句话是我说的，大意是“天气很冷，到我家去暖和一下”。就这样，我们两人就一起回了家。当时彼此都比较满意对方，于是就商定了办理结婚登记手续的时间。

农历1970年3月6日上午，我和娄为良到高崖公社驻地善庄领了结婚证，来回都是步行，走了三十多里地。

举办结婚仪式是在农历当年的11月16日，此时距离结婚登记已8个多月。结婚的当天，风和日丽，尽管仪式简单，但也算是长成大人了。那年我才20岁，娄为良23岁。

娄为良当时娘家已经没有什么人，四位姐姐都已嫁人，只有一个过继的哥哥嫂嫂，在家族中排行老四，被称为四哥。此外，还有一位相处非常好的亲戚叫娄军明，育有三男二女，后来始终相互走动。

举行婚礼的当天晚上，大队分给我父母的柴草着火了，火势凶猛,一棵高大的榆树烧死在大火之中。我母亲因此被吓出了一场大病。我清楚地记得，夫人娄为良在大火现场连声说，响亮响亮，人财两旺，越烧越旺。

结婚后，我就到50公里以外的县煤矿当工人去了，娄为良在家忙农活、家务。我们家族人丁兴旺，光解决口粮问题就是很重的体力活。先是靠人工推磨把粗粮磨成糊，再到鏊子上摊成煎饼，每次从开始操作到完成需要七个多小时，把人累得腰酸背痛。

娄为良得过一种叫作淋巴结核的病，以前虽然做过手术但没有根治，我们结婚一个多月后这病犯了。有个亲戚略通医术，对我说，得这种病的女人如果能生个男孩病就会好,如果生女孩就惨了。这不，1971年农历11月9日，生了一个男孩！儿子诞生后，我开始让本单位卫生室的女医生陈爱英帮忙治疗，这位医生对夫人娄为良很是同情，表示会想尽方法为她治疗。娄为良对此也很感激，说一辈子也忘不了这位大夫。经过打青链霉素和口服药物，半年后她的病基本痊愈。我们家搬到县城后，娄为良每年都去看望陈爱英医生，念念不忘她的恩情。

因为家中贫寒，儿子一直营养不良，整天不是感冒就是闹肚子，从不到一岁持续到11岁，可以说都是在病痛中度过的。大约三岁时，儿子的臀部被严重烫伤。1973年6月，女儿出生了。

由于在外当工人，我每月回家只有一次，每次两到三天。家中的一切担子，都落在夫人身上。非常不易。

1986年，国家出台了政策，工龄超过15年可以为家属和儿女办理农转非，户口转为非农业户口后，承包的土地还可以再种一年。由于这年收成不好，收上来的小麦都缴了公粮，而套种的玉米由于时间掌握得不好，苗没有长出来，娄为良为此得了一场大病。

她还有一些慢性病，比如肠炎，持续了30年。神经衰弱，也持续了多年。1999年到北京检查时，发现了严重的心梗。这些病，都和她的长年操劳有关。

2003年农历7月24日，夫人娄为良突然离开了我和孩子们。

那天下午我们还在下棋，有说有笑。

2006.5.5

八月，这一段尘世的繁华

应该记录下这 20 天来的一些片断吧，只是太忙了，没有办法让浮躁的身心静静地沉淀下来。

8 月 12 日，在呼伦贝尔大草原，下榻的蒙古包位于弘吉喇部，铁木真大妃勃尔帖的故乡。那连绵的山川，湿地的树林，弯弯的河流，厚厚的草甸，还有蓝天白云——蒙古的铁骑已经逝去，我们都有桃花源中人之感。在夜晚的风声里，躺在草地上看星星，苍穹的繁星好多啊，似乎记忆中就没有看到过这么多且离自己那么近的星星，闪烁的星光来自几百年、几千年、乃至百万年前，星星曾目睹草原的征战和杀戮，而英雄们留在尘世的痕迹尚不如星星的眨眼。在内蒙古的几天，让人觉得胸怀开阔，烦恼尽洗。

8 月 16 日飞青岛,参加 20 集电视连续剧《女检察官》的开机仪式。和蓝色的蒙古高原相比，青岛的空气显得闷热无比。17 号晚上，把房间让给了从临淄驾车前来接我们的家欣大哥。没有想到的是，通过各种方式预定一个房间在这个时节的岛城都成了一种奢望，啤酒节、帆船赛，还有潮水般的旅游者，把青岛塞满了。我在一个十字路口郁闷地吃着羊肉串，体会“流浪街头”的感觉，那时，真的觉得孤单、无助——我居然成了一个浪子。

8月18日回到老家，和父亲、妹妹商量为母亲迁坟的事。母亲的墓地是开放式的，无人管理，而且周边都在热火朝天地开发，我很担心某天将会被迫迁移。于是和几位要好的亲戚一起到了县城新修建但还未对外开放的公墓，决定在此物色一个地方，打算第二年清明节前夕迁坟。大家都认为这是个好主意，一劳永逸地解决问题。父亲当时也赞同，但是过两天和我通电话时又动摇了，他犹豫说，没有重大事由随便迁坟不太好吧？

8月23日，到河北衡水市开一个有关人民监督员制度的研讨会。衡水有很多好友，但我把去这个美丽的地方视为畏途，因为好友们都能拼酒，著名的衡水老白干足以把人吓倒啊。

这一段时间，是2007年中出差最频繁的日子，北上，南下，东来，西去——现代交通给人一种时空转换的错觉。在时空的频繁转换之中，我感受到身边的美好友情，体会到尘世繁华的无常。

9月5日，是母亲四周年忌日。武汉的卫宁大哥坚持要到山东为母亲烧纸，我甚感动。我回山东为母祭扫之后将赴苏州，开下一个会议。

2007.8.29

《麦兜故事》：我就是那只猪

“马尔代夫，那里蓝天白云，椰林树影，水清沙幼，是位于印度洋上的世外桃源……妈妈，什么时候去马尔代夫啊？”

这是香港动画片《麦兜故事》里一句被反复提及的台词，也是主角之一麦兜童年最美丽的梦想。

麦兜，一只单纯、善良、乐观的粉红色小猪；麦太，一位单亲妈妈，所有的希望都寄托在儿子身上。从带着妈妈的期望来到世界上，麦兜一直有着七彩的幻想：那个蓝天白云、椰林树影、水清沙幼的马尔代夫，那充满诱惑的圣诞火鸡的浓香，那个关于“抢包山”的奥运金牌之梦……希望，失望，再希望，再失望，生活是那么充满希望却又异常残酷、真实地在麦兜的面前展开。

《麦兜故事》讲述麦兜由出生、上幼稚园、上中学到成长步入社会的故事，当我看过这动画片，尽管有些淡淡的伤感，却领悟到麦太太和儿子麦兜的母子情深背后的禅机。

美丽的谎言，给予儿子童年欢乐

虽然虔诚信奉“多劳多得”，但麦太知道任何时候只有依靠打拼才能发财，不过是个梦罢了，她甚至不能满足麦兜对马尔代夫的向往。当麦兜那次病愈后坚持要去马尔代夫，心肠柔软但满是“智慧”的麦太编织了一个美丽的谎言，并由此成就了麦兜童年最快乐的一天——地下隧道当机场，空中缆车当飞机……麦太说，当天去当天返回才够精明，麦兜对此深信不移。一路的精心掩饰，麦兜的眼睛笑成了两弯细线，而快乐，是妈妈能够给儿子最多的礼物，即便靠美丽的谎言支撑，谁又能说不是最珍贵的？

“一个女人能背起整个世界。”我的母亲和麦太一样深信依靠诚实辛苦的劳作就能改善生活，然而我幼时的山东农村太贫瘠了，处于这个大结构之中，如母亲般劳筋伤骨又能改变什么呢。每一个孩子都有梦想，那时候当大人们兴奋地谈论城市，我就萌生了对城市的向往。八九岁的时候，母亲带我去了县城。当我第一次看到二层楼高的百货大楼，就有了摩天大厦之感。那次县城之旅，童年的内心有了无限满足。“娘，爷爷和俺讲的北京也是这样的吗？”娘一脸真诚地使劲点头——后来我知道了，母亲也从未去过比我们县城更大的城市。

儿子无谓的努力，只为爱妈妈

李丽珊获得奥运冠军后，香港的母亲和孩子们都坐不住了。一贯死蠢的麦兜想去长洲而错上了南丫岛，他拜黎根为师，学的却是“没有对手，没有比赛，甚至没有几个人知道”的抢包山。麦太深信自己有一个了不起的儿子,回家后给国际奥委会主席写了一封“正宗”的英文信，以一个母亲的身份强烈要求把“抢包山”纳入奥运项目。

所有人都明白麦兜的奥运冠军之梦只是徒劳，甚至如麦兜那样蠢，最终也明白了这一点。但是，不管你实际上有多么平凡，在妈妈的心中你却是另外一个样子。于是，爬在组合柜上流泪的麦兜决心学下去，仅仅是因为妈妈，学下去。

我们少时也是否如斯？那么多的孩子在母亲的期待中怀着“长大以后当XX家”的梦，挤在同一条路上，但是，无数的人中途下车、无数的人掉队，最后做了周润发、李丽珊的就他俩。我的同学，小学、初中、高中……绝大多数的同学后来回农村种地去了，学的语文数学英语物理化学，又有什么用呢。看来今天我比他们走得远些，但在通往所谓的成名成家的路上，谁又能保证我今天不是在做无谓的努力呢？不管怎样，仅仅是因为娘相信我的不平凡，我仍旧执著于这无谓的努力。

我就是那只猪

动画片《麦兜故事》让我对号入座的，一是麦太和麦兜是以两只猪的形象出现，生活中，母亲和我都是属猪的，母亲 1947 年生，我 1971 年生；二是《麦兜故事》的背景是个单亲家庭，我父亲常年在外做工，母亲和我、妹妹三人相依为命；三是麦兜和我，都算是简单的孩子吧，从小拥有着很多梦想，拥有一个能背负起整个世界的母亲，我们都说，我爱妈妈。或许在我们的内心，这就是最幸福的事。

麦兜的师傅黎根在夜色中，对着海面唱着歌：“可叹我只含住个包……无力挽……”当童年的梦蜕变为今天平淡的生活，我们已无力挽住些什么，如果说妈妈在生下我们之前许下的愿过于贪心，就让我们努力做个小人物吧——做大人物是别人的事，和我们无关。

粤语动画片《麦兜故事》拍摄于 2001 年,如果大家还想看的话，不妨自行百度吧，或许您能有更多的感悟。

2008.1.7

为娘写传的空想

很多朋友都劝我把从业10多年来的文字整理一下，结集出版。说实话，我对此并无兴趣。那几百万文字多是新闻作品，属于“易碎品”，就是出了书，又岂能“保鲜”？更何况，从那些东西中，我根本找不到自己。

我下定决心出一本真正属于自己的著作是母亲去世后。

母亲在世的时候，我从未记住她的生日。有一年，我和她说，我要给你过60大寿，母亲当时微微一笑，未置可否。没有想到的是，还没有到60岁，没等到儿女为她祝寿，她就猝然撒手尘寰。

母亲走后一年多，我暗自制订了一个写作计划，就是要还原母亲作为一位普通妇女的历史，打算在2007年上半年之前撰写一本有关母亲的传记，将其作为我人生的第一本著作，奉献给母亲60冥诞。

真正展开这次写作计划，是2005年5月30日，那篇文章的标题是“相亲的时候，母亲爬上了树”，在文章的结尾我写道：“我将一段一段探究母亲的历史，这会是充满我整个生命的访谈。今天就算是一个开篇吧，关于母亲，对于我来说，真的是一个谜。揭开这个谜，是我对母亲和我的家族的一个交待。”

然而，没有想到，当真正着手写母亲，才觉得是非常困难的一件事。写了一年多了，才写了10多篇，不到2万字，而且多数都是少年、童年的记忆。每次回家探望亲戚，当我像一个采访者询问他们对于母亲的记忆时，往往只能得到一些零星的东西。

于是，为母亲写传记的设想，很可能成为一个空想。

我对母亲的历史的确非常不了解：懂事之前（1976年）、也就是母亲30岁以前的生活，几乎一点也不清楚；读大学、也就是1990年后，直至母亲2003年去世，这中间她的生活，我也是一笔糊涂账，模糊得很。事实上，截至目前我的文章，也几乎集中在1976年到1990年的15年间。母子一场，缘分何其深，而我对母亲的追忆，也多聚集于这15年“断代史”，真是可叹，记忆何其浅也!

母亲的人生经历能否这样简要概括：1947年农历10月8日，这位平凡的农家女子诞生于山东安丘县一个普通的村子，在五姐妹中，她是最晚出生的。因家庭条件所限，未能读书识字。1959年，12岁时，父母双亡。后来三个姐姐相继出嫁，与她的四姐相依为命。1970年，嫁给山东昌乐县的一个小伙子（我的父亲）。1971年冬天，生下一个男孩，那就是我。1973年，又生一女儿，我的妹妹。因为操劳过度，自20世纪80年代起，身体出现各种疾病。20世纪80年代中期，盖三间新房，欠债数千元。1987年，转为非农业户口，迁到五图镇，并成为城镇合同制工人。1991年，因病退休。2003年8月21日，因突发心肌梗死，猝然离世。

往事并不如烟。母亲从出生到去世，尽管用上述的几行编年史的文字就能勾勒出轮廓，但浸透在这一年一年的历史中的，却是有着多重身份的农村妇女的隐忍与操劳，血与泪。作为妻子，她勇挑持家重担，养儿育女，工于女红；作为母亲，她对儿女极尽呵护，含辛茹苦；作为儿媳，她以弱女子之身肩扛农活，孝敬公婆……可惜并愧疚的是，作为儿子，我很难描摹其中伟大的细节了。

母亲的一生，是放下自我的历史。在她的心中，已经彻底没有了一个“我”——她把她的青春、智慧、健康、生命，在献给我们的家族，献给她的丈夫、儿女、亲朋后，突然离去。

母亲是一本永也读不完的书。今天，当很多朋友劝我不要沉浸在失去母亲的悲痛之中时，我说，我已经放下。学习母亲，就是学习她的精神，为了别人而活着的布施的精神，将自己融入人群，融入社会，努力为自己、为他人好好活着，好好做人，好好做事。

2006.6.7

倏忽已五载

人生总有很多神奇的巧合，不可思议。

5年前的8月21日，慈母猝然仙逝。彼时我正在福建漳州采访，知悉这一大悲大恸之消息，即刻自东山岛赴厦门开始空中之旅，辗转福州去往济南，然后自济回家为慈母送行。奔丧路上大雨滂沱，吾亦泪飞倾盆，何其哀也。

世事如浮云，转瞬5年，好快啊。这5年来，虽已没有当初的哀哀欲绝，但一念及母亲，或者与同事、朋友谈及这个话题，泪水仍会在眼眶中打转。没有娘的孩子，一切只有自己担当了。这5年中，每逢重要的节日，我大都会来到母亲的坟前，做些简短的交流，焚香祷告，点燃纸钱，供奉祭品，也不知母亲可否接获孩儿的这些信息？

农历七月十五中元节前，我忧心忡忡地给父亲电话：我可能连母亲忌日也无暇顾及了。爸说，你要忙的话也不一定非要回来。王东问我何时归，我说可能回不去了。他说，我也是娘的儿子，我回去代表你也一样。

8月22日到24日，单位要在泉州开一个会议。21日，正好是阳历的母亲5周年冥诞，我向书记请假，先绕道山东为母亲祭奠，然后再去福建。书记同意后，我于深夜自京飞至青岛，朋友驱车送我回潍坊。

午饭后，我提议从饭店步行到墓地，7公里左右路程，按我的步幅，估计要走一万步。王东和苗兄陪我走。苗兄说，贤弟颇有朝圣的感觉，慎终追远啊！也许是这样，曾子曰，“慎终追远，民德归厚矣”。如朱子所言，“盖终者，人之所易忽也，而能谨之；远者，人之所易忘也，而能追之”。怀念母亲，回望自己生命的来源，追溯母亲整个生命的历史，也是一种朝圣，是为了珍惜当下，好好活下去，更是对母亲、对自己负责的一种体现。

今年的雨水特别充沛，公墓里到处是浓密的草，母亲的坟孤零零地沉默于一隅，让人心疼。父亲说，前几天他来过，把里面疯长的草都割了。也不知怎么回事，回去眼睛就疼，有亲戚和他开玩笑，可能得罪了哪家神圣。

依然是燃香，烧纸，摆上妹妹准备的水果点心等素供。净空法师认为，给亡人烧纸，只有在鬼道的人才会得到利益。我深信母亲已往生佛国，虽不必供养俗物，但仍将此视为交流所必需。苗兄说，我给她念诵阿弥陀佛就行。苗兄慧根深厚，颇得佛学三昧，令人敬重。

下午4点，我赶赴济南遥墙机场，7点的航班飞厦门。5年前我自厦门飞济南奔丧，整整5年后，我自济南飞往厦门开会。在候机厅开始写这篇博客的时候，不禁感慨万千。

母亲，灵魂的居所

“赵老师您好，本刊刊登了您写的文章《世界上最疼我的那个人去了》以后，很多读者打来电话询问您的情况，希望能看到您更多的关于母亲的话题……”

母亲，是我们灵魂的故乡，因为母亲是我们生命的来源。回望母亲，感恩母亲，也是尊重自己的生命。现实的家乡是你肉身的来源，而母亲这个灵魂的家乡是你精神的来源。听到记者洪波的这个话题，我想，同声相应，同气相求，每一个人心中都有一个母亲的概念，对于母亲的情感都是共通的。我很乐意与大家就这个话题展开交流。

“从懂事开始，母亲就教给我们为人处事的基本规范。小到使用筷子，大到如何做人，可谓事无巨细。举个例子，幼时母亲教导我说，只要与人碰面就要礼貌招呼，年长者称呼大爷大妈，年龄差不多者称呼兄弟姐妹，直至人到中年的今天，我依然在奉行母亲的这一教诲。她善良、隐忍、宽容——与人为善，从来不想去坑人害人，不违法不犯罪；隐忍，学会忍受来自外界精神上和肉体上的伤害；宽容，不怨恨每一个人，多原谅伤害你的人。母亲虽然故去了，但她教给我的那些准则依然在指导我的工作生活，可以说是终生的老师。”

洪波说，《永远的亲娘》里有一个情节，您在少年的时候第一次出远门到离家 80 里地的县一中去上学，第一个星期回家，文中这样写道：“邻居告诉我母亲在地里收玉米，我跑了二里地，找到那大片的玉米地，风吹过去，沙沙地响，我在地的北头，大声地喊‘娘’，母亲听见了，冲出田间，把镰刀往旁边一扔，抱住我就呜呜哭起来。一周的别离，在母子的心里恍如隔世。”这一段语言朴实无华，感到您就坐在读者的对面倾诉，仿佛看到少年的您和慈祥美丽的母亲在充满泥土气息的田野上奔跑，玉米叶子刮在脸上、胳膊上刷刷地响，竟浑然不觉……这样美的画面感，这样淳朴的亲情，唤起喧嚣都市里多少人内心珍藏的纯情？您有没有想过，除了用文字记录永远的亲娘，还可以给您的母亲拍一部电影？

“很多时候，我觉得母亲是无法描述、无法概括的。就像我所写的这本《我的母亲》，也只是一些片断的组合，很难呈现母爱的真谛。我想影视作品也是一样的，拍一部留有遗憾的电影，极有可能伤及我内心深处的永远的亲娘。”

“您在他乡时，会不会因为人群中的一个背影、一个陌生人不经意的眼神而想起自己的母亲？或者一个随意的动作、一声气息、一道菜、一件母亲穿过的款式颜色相同的衣服而想起自己的亲娘？”

“有的。一位江苏好友的妈妈，她的脸庞和我母亲有些许相似，于是每次到江苏出差都会看她，喊她妈妈，似是拜会自己的亲娘。”

“母亲说得最多让您终生难忘的话是什么？”

“应该是那些俗语，比如，吃亏长见识，装孙不赊本；敬人敬自己；让人三分不为耻；浇花浇根，交人交心等等。母亲教给我的这些生存智慧，已经融化到血液里了。”

洪波问道，您为母亲写书，这个举动感动了很多人，他们说这就是孝顺，您觉得您够孝顺吗？您是如何看待孝顺的？很多山东人说：“不孝顺的不能和他交朋友！对亲娘都不好的人，对朋友也不会好的？”您怎么看待这个说法？

每提起母亲，我的内心都承受着巨大的歉疚——“我从来不认为自己对母亲是孝顺的。为什么这么说呢？其实母亲的心脏病很早就确诊了，我也应该好好地为她治疗，比如到大医院进行心脏搭桥手术或者支架手术。但是，当时没有那么多医学知识，工作也太繁忙，就没有作这样的考虑。从根子上来说，没有把母亲的病情当作头等大事来看，耽误了治疗时机。可以这样说，母亲的早逝和我的不孝也有很大的关系。如果我尽孝了，好好为她治疗，她就不会这么早就去世。”

我认为孝顺这个词语，应当分为两个部分：孝，就是精神上和物质上的回馈，父母之恩恩重如山，难以报答，但我们依然要报答；顺，就是顺从，不违逆他们，即便父母错了，也不可顶撞他们。我周围的朋友都持这样的观点：如果一个人连自己的爹娘都不孝顺，他就不可能对妻儿、对朋友真正好，因此就不会有诚信，不值得你去交往。

“如果现在母亲还在您身边，您会不会放弃工作专门在家陪伴她一个月？”

“一定会！当母亲去世了，我才后悔，而这个世界上没有后悔药！我的朋友们，如果你的母亲还健在，我建议你一定抽出专门的一段时间陪陪自己的母亲。送一句话给那些还守着母亲的人：行孝就在当下，不要空许诺言，不要等待明天。”

“请您谈一谈故乡山东。”

“你很山东！”五湖四海的好友都会这样评价我。而我每每听到这些，也甚为山东自豪。为几千年的孔孟文化所浸染，我们的血液里流淌的东西都是山东的，我们的言谈举止都是山东的印记。我对自己的女儿总是强调，你要记住你是山东人。豪爽、直率、忠诚、善良，这些山东人的特质让我们受益无穷。

用一首最喜欢的歌来献给我们的母亲吧！已故去的香港歌星陈百强有一首粤语歌曲《念亲恩》，我经常唱，其中一句“父母亲爱心，柔善像碧月”，总让我念及母亲的养育之恩，这种恩情就像月亮，是永不要求回报的照耀与温暖。

《山东人》杂志访问　2008.10.6

父亲

在孩提时代，父亲每个月的回家都是节日，炒菜的灶台会再度飘起油烟的香味，缺油少盐的 70 年代，能吃上炒菜就是美好的生活……

夏麦坟，父亲节

在我们老家有个行谊，就是当夏天的麦子收割完毕后，要用新麦磨成面为亡人包一顿饺子，谓之为“夏麦坟”。

这是一种感念。

这个祭奠日不像忌日、春节、清明、七月半等那么重要。因此，母亲走后的两年，我都没有行这个“夏麦坟”之礼。但是，今年端午节前后，我连续两个夜晚梦到母亲。向友人询问，答曰：她可能在那边有什么不妥，最好上一下“夏麦坟”。

6 月 10 日一早，电话通知妹妹两个小时后我要到家上坟，妹妹就手忙脚乱地准备去了。回到家中，父亲的好友老陈送来了新面，妹妹密友王素梅送来了麦穗。中饭后，我们准备出发到墓地去，父亲说他也要去，还说要给母亲的墓地培植一些新草。他不知从哪里弄来一纸箱青草，我们驱车赶到母亲的坟茔。

年来雨水少，墓地里的草长势不旺。父亲在那里一个人很沉默地掘开地面，铺草皮，浇水，把带来的所有草皮培植完毕。

上香，烧纸，送饺子，供水果，仪式是我和妹妹、王东、嫂子等几个完成的。看看孤独的母亲的坟茔，我们悲从中来，忍不住哽咽起来。而此时，我看见父亲已经离开墓地很远，在停车的地方背对着我们。他的肩膀耸动，手擦拭着泪，那身影异常孤单。见我们收拾完东西冲他走来，他便赶紧停止了抽泣。

母亲走后，按照规矩，父亲很少到坟头上来。但每次过来，他的泪都会无声而下。30多年的缘分，母亲留给他的，是无尽的思念。

2006.6.18

爸爸说，下雨了

其实下不下雨完全是老天的事。北京今年的夏天就一直奇怪地下个不停，而且多数是大暴雨。

但电话那头的父亲每天总是在埋怨着干旱。

“心忧炭贱愿天寒”，父亲因为那片树林而对天气有了一份执着。

那片树林是2004年父亲从别人手上转包过来的，是速生杨，大概已经生长了将近3年。他告我说，7年就能长成，能卖不少钱呢。当时，我本来是不同意父亲做这件事的，但后来一想，母亲走了他也孤寂，有件事做也能分散一些注意力，或能减些他的悲伤，至于能否赚钱则想也未想。

我去过几次。离我出生的那个村子有七八里地，一个丘陵的中段。很茂密的树林，长势也挺旺。

父亲三天两头让妹夫开车带他去，还让我的初中同学帮忙管理，施肥，修剪树木，非常认真。

今年夏天是我们老家近些年来最为干旱的。这从我父亲焦虑的话语中能听出来。

“这老天也怪了,就是不下雨。庄稼旱死了。树的叶子都掉光了。”当然，我清楚他话语的重心是在最后一句。

每天和父亲通电话，我第一句就是问 :“有没有下雨? ”电话的这头，经常是大雨倾盆。而父亲那头，则是骄阳似火。

昨天晚上问父亲，这么旱下去，树都死了怎么办? 他说，花了300 块钱买了水管子了，后天就去树林浇水。30 亩地，要花不少钱。

今天和父亲通话，电话里是父亲兴奋的声音 :“下大雨了! 很大! ”老天关照啊。要不我爹明天去浇地，你后天下雨，他还不被你气个半死啊。

2006.7.31

奇妙的旅程

在济南遥墙国际机场的老李那儿拿到机票，才知道今年的除夕之夜要在飞机上呆三个多小时。济南飞厦门的航班要经停温州。

老李一直把我们送进隔离区，临别时还不停地祝我们新年快乐。

我们在停机坪上拍了几张照片，父亲、王东，还有我都在分别拍着，直至 BOEING737 旁的检票员不耐烦地喊着快点儿。看来，这美丽的小姐也要急着赶回去过年呢。

登机时已 6 点 20 分了，四周的鞭炮声响在耳边，美丽的烟花此起彼伏。来自山东省会泉城济南的年味如此急切地逼近我们。

这真是一次奇妙的旅程。我们将从冰天雪地的北国，越过东部沿海，飞到美丽温暖的南国名城厦门。从地图上看，基本上绕着东部沿海飞一个很小的圆弧。到达福建后，我们将在莆田等几个城市短暂逗留。大约年初三，我们会返程。

说起来，决定这次行程还真有些复杂。猴年的岁末，父亲决定和他贤淑的女友（一位护士长）结婚。腊月 25，我的同事老张驱车从北京送我回山东，次日晚间，我和妹妹参加了他们的喜筵。那时，对于到底如何过年（比如在山东还是回京还是到外地）我实在没有主意。但是，没有几天，我就有了主张。原因是父亲现任妻子的女儿(一位性格倔犟的学日语的大学生）并不太愿意和父亲他们过年，她希望她们娘俩在一起。那么，此时我已经没有其他选择了：只能陪父亲。否则，让他一人孤零零的，我肯定不落忍。

沈建华从北京回福建莆田前几次邀请我到他那过年，我当时几乎是拒绝了。此刻，我立即拍板：到莆田过年。在电话联络了建华、王磊等几位好友并得到热烈回应后，我和父亲简单磋商，就南下事宜达成了共识。我唯一担心的是，父亲在 2003 年做过心脏搭桥手术，在手术后一年多能否乘机？于是赶紧电话咨询北京阜外心血管医院的医生，答复是可以。我才放了心。

对于福建这个省份，我有一种说不清的感受。爱女出生，慈母仙逝，这些人生重要的时刻我都在福建出差。我要好的朋友们也大多聚集在这里：王磊（三石头)，游振辉（野山闲水)，邱景辉（石灰)，冯岗（游民）……更有我的挚友兼校友、研究生班班长苏金森（他领导的山东乳山市检察院当选全国十佳检察院）也是莆田籍，还有 2004 年 6 月 21 日溘然长逝的莆田市原检察长蔡文懋。在福建司法系统，更有大量的同学、朋友。2002 年秋，我主持的一次笔会亦在泉州召开。

此次到福建过年，的确是一种机缘。在我和父亲的人生际遇之中，恐怕是永不会磨灭的一段履历。我们将在未来三天体会到亲情、友情，体会到南方的春节文化。

经常自诩宠辱不惊，心如止水。然而这个除夕之夜，当我乘坐飞机，在电脑的键盘上敲击上面这段文字时，还是心潮澎湃的。我旁边的父亲睡着了，发出均匀的鼾声，他的心很定。此刻，我非常怀念我的母亲，如果她健在，如果这行程中有她，我会更加觉得激动。但我知，此次即便母亲没有随行，她在九泉之下一定含笑，她一定乐见我的父亲再次娶妻，她会乐见儿子携她的丈夫南下远足。

晚上9:40，飞机安达厦门。早已等候多时的王磊、建华迎上来。宽大的奔驰轿车以150公里以上的时速赶往莆田，11时，到达下榻酒店，吃年夜饭。一夜连双岁，五更分二年。午夜零时，旁边的鞭炮声骤然响起，一片过年的气氛。

这真是一次奇妙的旅程，真是一个难忘的新春之夜。当新的一年来临，我祝愿所有的人们新年快乐，愿你们一切都好。

2005.2.9

浓重的莆田民间文化

莆田，有福建民间最被尊崇的“天上圣母”，供奉圣母的妈祖庙则在一屿如眉的湄洲岛。

考据资料，“天上圣母”也称“妈祖海神”，原名林默，是五代闽都巡检林愿的第六女儿，生于宋太祖建隆元年（960 年）公历 3 月 23 日，宋太祖雍熙四年（987 年）农历 9 月 9 日在莆田湄洲岛羽化升天。相传她逝世后经常显灵护佑过往船只，救助海难，因此被渔民视为航海保护神，在民间被尊称为妈祖、娘妈，从宋元到明清，多次被统治者褒封升级，从夫人、天妃、天后，直到被尊为“天上圣母”，妈祖也成为民间信仰的神祇。

大年初一，和父亲约定到妈祖庙上香，拜妈祖求平安。

上午 10 点，当我们赶到轮渡码头，见到人潮涌动，很是壮观。据说，所有的船都启动了，而人流却不能疏散开去。随行的朋友小许很着急地打着手机，终于联系上了一条船，我们得以踏上登岛的快艇。

我几乎每次到莆田，都会到湄洲岛一次。1996 年我第一次来时，这里还是挺荒凉的。没有今天如此多巍峨的建筑。王磊说，近几年台湾地区、东南亚前来祭拜妈祖的香客非常之多，也颇多捐献。这里也成立了妈祖庙董事会，管理这些善款，并动用其中不少款项修建宫殿。说这些的时候,王磊这位主诉检察官显然有了“检察视角”：这些钱怎么花的，会不会出现侵占等问题，都很难说啊。

而我的担心是，今天的湄洲岛已经被充分人文化了，到处都是庞大的建筑。而且由于前来祭拜的香客太多，整天都是烟尘蔽日、云雾缭绕，此地清静早已不再，不知这位海神娘娘是否愿意见到如此场景?

父亲很认真，在“懂规矩”的小许指点下，认真燃香，口中念念有词。我也邯郸学步，为今日和未来祈求平安与幸福。

中午，我们在王磊的乡下老家吃中饭，他的母亲贤惠寡语，做的饭菜非常可口。饭后参观了王氏祠堂，还到邻村看了半场剧团演绎的莆仙戏《劝弟休妻》。

据介绍，莆仙戏是福建的古老剧种之一，原名“兴化戏”，流行于古称兴化的莆田、仙游二县及闽中、闽南的兴化方言地区，迄今仍保留不少宋元南戏音乐遗响，它融合莆仙民间歌谣俚曲、十音八乐、佛曲法曲、宋元词曲和大曲歌舞而形成，用方言演唱。

在乡村祠堂隔壁戏台下看戏的，都是村里的老人和孩子。他们很早就自备凳子赶过来，很有序地坐着，相互寒暄，看演员们布景，化妆。演出开始前，演员还轮流出场到祠堂跪拜。当时我很诧异，旁边的小许说，请戏班唱莆仙戏是乡村重大节日所必须的，而且戏不是给群众看的，是演给“仙”看的，所以要先拜祠堂、拜菩萨。

在莆田乡下逗留的简短时间里，我深深感到，北方文化中一些传统的东西正渐渐为人遗忘，而江浙闽粤乡村的宗庙文化却渊源流长，很有民众基础。到底如何看待民间信仰以及宗祠文化很值得思索。尽管其中的求神拜佛有些迷信色彩，但这些民间文化中所传扬的祈求平安顺利、尊老爱幼、敬重祖先等，却都是有益的，有利于建立一个和谐的乡村社会。

父亲看了一会儿戏，觉得累了，我们便打道回府。

2005.2.9

除夕纪事

动身

是同一个除夕，同样一个三人行。我，父亲，还有王东，三人又站在了遥墙机场。

所不同的是，去年还是老机场，今年已是气势宏大的新国际机场。还有，去年除夕我们是飞往福建过年，今年的目的地则是海南三亚。

回望这一年，好多的人与事都发生了很大变化，让人感慨。2005 于我，健康问题则贯穿了全年，从年初的腿骨骨裂到年中的两腿水肿，再到岁尾的带状疱疹、高烧不退，病痛总时常来折磨我沉重的肉身。

病痛终归会过去的。人生无常，刹那变化，不休不止。我们更要以积极的心态面对未来。此次与父亲到外地过春节，这是第二度了。今后，这将成为一个定例。

每当和父亲愉快相处，我们都会想起母亲，今天清晨，我看到父亲在客厅翻阅纪念母亲的那本画册，很专注的样子。看来，30 多年的携手，母亲与父亲间的那份爱，始终在他的心头萦绕，无法抹去。

母亲去世快三年了，虽然想起她仍心如刀割，但昨天下午为她上坟，我第一次没再失声痛哭。时间是最能消磨一切的，它似渐渐稀释了我的悲伤。一切如梦幻泡影，真是这样的。当我撒手于这个尘世，我的悲伤又在哪里？

在传统的新春佳节到来之际，思念母亲，想她绵长深厚的爱，这无疑提醒我们这些生者：要好好活下去。

辗转

外面是厚厚的雾气，阳光懒懒地照耀着，看不清轮廓。机场里的旅人并不是很多，大家虽然行色匆匆，但都被过年的气氛包围着，并不喧闹。偶然地面广播中传出航班延误的信息，不由让人焦虑。

由于不能直飞海南三亚，第一段旅程是济南至深圳。下午2点到4:30，两个半小时的空中之旅后，三人来到了深圳宝安国际机场。在巨大的显示屏幕上，并没有看到机票上标注的海航飞三亚的航班。在海航的值班柜台，漂亮的服务人员告知：航班已经取消，你们没有接到通知吗？

本来是6点半左右就能起飞的航班，被改签到晚上10点，是南航的飞机。地面人员总算态度端正，经过漫长的等待，把我们安排到机场旁边的一家酒店休息。

所谓福祸相依，航班取消改签晚班也不是坏事。我决定带父亲到深圳市区逛一逛。打了一个黑车，侃好价钱，就直奔著名的民俗村，结果关门大吉，随即到了世界之窗。由于时间紧张，只在门口迅速拍了几张照片，算是来过深圳了。

道路上车水马龙，一片奔忙景象。望着这纷繁的城市，空气中是冷冷的小雨，周边的人群是那么匆匆和陌生，我们爷仨是局外人。

晚上 7：30，司机把我们带到机场旁边一个叫作福永的小镇，在一个乡土菜馆随便点了一些菜，主要是素食，算是我们的年夜饭了。父亲似乎很喜欢这样的旅行过年方式，有些兴奋。我说，早上在家吃早饭，中午在济南机场吃自助，晚上则在深圳吃年夜饭，午夜到了海南还要吃宵夜，这样的一天真是值得纪念啊。父亲显然很赞同，脸上满是笑容。

抵达

在机场换登机牌时，地面人员说，你们是今夜深圳机场最后一个航班了。我们经过安检走进候机大厅，的确是很冷清的样子，没有几人候机。

整点起飞，空乘广播说，从深圳到三亚 800 多公里，飞行时间为 1 小时 10 分钟。我看到飞行中父亲拿出笔在纸上记录下了今天旅行的里程：济南到深圳 1700 公里，深圳到三亚 800 公里。

1 月 29 日 23：15 分，飞机安全抵达中国的著名旅游城市三亚，一下飞机就能感觉到这里的温度和湿度，我们都是穿着厚厚的衣物，汗水不停地流出来。

王琳驾着那辆拉过很多名人（比如朱苏力、陈瑞华等）的夏利车来接我们，他给我们安排的住宿是南山寺旁边的迎宾馆。路上，他说南山寺今晚举办大型法会，108 米的南海观世音菩萨被神奇华丽多彩的灯光包围，甚是壮观。从机场到南山还是有段距离的，我们花了 30 分钟才到达南山。当然，由于太晚了，我们到达时，观音像前已经没有多少人了，只有旺旺的香火灿烂地燃烧。

来南山是父亲的一个夙愿，他信佛，家里供奉的是观世音菩萨。能够亲自来到著名的南海观世音像前，在他看来，这是多少世修行修来的福分。他很虔诚地上香，叩头，最后还撞了钟。我们离开南山寺回去下榻之时，还不到凌晨一点。

王琳说，早上起床后，在这里还有好多活动。

2006.1.29

一日看尽长安花

大年初一上午九时许，王琳一家陪我们游南山寺。传说中著名的“寿比南山”，指的就是这里。

史料记载，唐天宝年间，律宗祖师鉴真第五次东渡日本遇飓风，漂流到三亚南山休整一年多。鉴真得观音菩萨护持，第六次东渡成功。1993 年，佛教界人士提议择地建寺，纪念唐代高僧鉴真，取名“南山寺”。

1994 年 1 月，时任中国佛教协会会长的赵朴初与佛教界、建筑界著名人士赴南山考察选址。同年 2 月，正式将“南山海上观音”列入规划，确定像高 108 米。 经过 6 年多的建设，作为佛教精神象征的“一体化三尊”海上观音圣像完工。“一体化三尊”即 ：海上观音分为东、西、北三面像，北面像手持经箧，象征智慧 ；东面像手持莲花，象征和平 ；西面像手持佛珠，象征慈悲。2005 年 4 月 24 日（农历 3 月 16 日），中国佛教界举行了南山海上观音圣像开光大典。

南山寺的香火非常旺，善男信女花不少钱请的高香，还没燃多久就被寺庙工作人员清理出来，放入一个巨大的铁皮桶焚烧。我和父亲笑谈，这样的敬香就像是在烧火啊。寺里还明码标价，花10到50元不等的钱就能在一块红绸带上填上姓名,上面有的是求平安，有的是求功名，不一而足。

南山这块地方其实已经成为一个旅游胜地，不太像一个清净的修行之地，因为在这里到处都要支付数额不少的人民币，一举手一投足，没有大量的银子做后盾，真的是寸步难行的。不过，善男信女，五彩斑斓，更能考验僧人在盛世繁华中修行的定力吧。

中午，在海景素餐厅享受了一顿没有荤腥的午餐，素食做得很精致，就餐的人很多。饭后我们退掉南山迎宾馆的客房，前往海南岛最南端的天涯海角风景区。

“天涯海角”，因古人在此两处巨石上刻着“天涯”和“海角”四字而得名，寓意为天之边缘，海之尽头。这个风景区依山傍海，碧海、青山、白沙、巨垒、礁盘浑然一体；椰林、波涛、渔帆、鸥燕、云层辉映点衬，形成南国特有的“椰风海韵”。

我们购票进入景区后，并没有乘坐电瓶车，而是步行到了那两块著名的巨石前，和其他游客并无不同，我们也忙着拍照留念。由于步行的时间有些长久，父亲累了，渗出的汗水湿了他的T恤。

寿比南山，福如东海——结束了天涯海角的观光，王琳驱车带我们奔赴著名的大东海景区。大东海，素有“福如东海”之渊意，这里海水清澈，沙滩洁白，椰林环抱，是闻名遐迩的旅游胜地。我和父亲在下榻的宾馆短暂休息后，在大东海的海边坐了良久。很长时间了，我没有享受过这样惬意的闲暇时光，似已幻化于这美丽的海滨，不再有一个我。

从新浪网上看到东北的暴风雪正在肆虐，而三亚却是气温将近30度的夏天。热带季候以及南北巨大的温差，让我们感觉华夏之泱泱，委实不可思议。而就是这一天之间，气候也是常常有变。早上细雨蒙蒙，10点钟开始放晴，见到了湛蓝的天，旋即又是阴云密布，到了中午则开始阳光普照，刺痛我的眼。

这样的天气无常,和人生又有什么区别呢。生离死别,喜怒哀乐,并没有一个“常”。洞悉无常,我们才能对人与事有一个淡然的态度,才会避免因为执着某些东西而带来的痛苦。

一日看尽长安花。对于56岁的父亲而言,日程的确过于紧张了。他累了，便早早地睡了。

愿他有一个好梦。

2006.1.29

跨越两个省份的行走

和三亚作别

位于三亚湾的鹿回头，缘起于一个美丽的传说。

很久以前，一位勇敢的黎族青年猎手将一只梅花鹿追赶至海滨的石崖上，无路可逃的梅花鹿不禁回头凝望。就在猎手搭弓射箭之时，梅花鹿瞬间变成一位美丽的黎族少女，两人一见钟情，最终结为夫妇，演绎了一段感人的爱情传奇。

鹿回头是我们父子三人三亚行的最后一站。大年初二早餐后，王琳开车带我们到这一景区时，他的爱子硕硕倔犟地要求同行，老少5人很快就进了鹿回头公园。

鹿回头岭三面环海，山顶有一座巨型花岗岩石雕，是一只回眸的神鹿，鹿身两侧分别站立着英俊的青年猎手和美丽的黎族少女。在鹿回头山顶，浩瀚的海景和三亚市全景尽收于眼底，场面宏大壮观，所谓一览众山小。景区的游人很多，多是旅游团队，像我们这样的散客并不是太多。在石雕周围，我们拍了不少照片，父亲还在附近的一个画摊画了一张漫画，但是画师的水平显然让人不能恭维，父亲连说不像。

不到四岁的硕硕很好动，在公园里总是不停跑来跑去，嘴里还念念有词。我和这个小少爷以前也网络视频过，也打过电话，王琳也向我说过他很多故事，但这次和他面对面，却让我更深地感受到他的个性。如他最不愿受约束，总是按照自己的意愿行事，不高兴就大吵大闹；如他狂热喜欢各种汽车玩具，国内外的各种车型只要见过的，他都能叫得出牌子；他经常说一些让大人吃惊的话，王琳曾在法律博客上专门开了一个“硕硕语录”，只不过坚持得不好，零零星星的。

硕硕，是我们短短两天海南行中最动人的一个因子，年幼的他给父亲和我们带来了更多的欢乐。王琳送我们去机场，车子起动刚刚缓慢上路，硕硕却大声哭着跑过来追，大家本以为他是想要同车送行，停下车一问才知他以为玩具被车拉走了。其实，玩具在他的姑姑王伟手中。解释清楚后，妈妈抱起他来，硕硕仍是满脸的泪痕。让人心疼啊。

三亚之旅，父亲多有感慨，他对南北的巨大差异有了切身感受。虽然短暂，但在王琳的精心安排下，他很满意。他的体力也在这次拉练中得到了印证。他兴奋的表情和不停歇的步履，再次证实了2003年秋天心脏搭桥手术的良好效果。然而，我无法放松，因我得知父亲的很多饮食习惯还没有改变，还有不少影响健康的因素。我忧心忡忡的目光，始终不敢离开他。

初与羊城亲近

从三亚凤凰机场起飞，经过一个小时的飞行，下午5点，我们抵达了广州白云新国际机场。到了酒店短暂休息，我们在珠江岸边一家人流如织的海鲜酒楼享用了一顿美食。

我向兴致勃勃的父亲推荐了珠江夜游。夜游珠江水是羊城广州的旅游名片，在游船上，看空中月与水中月交辉，璀璨灯景与潋滟江水争娆，是一件非常惬意的事。

夜景很美。我们搭上了最后一班叫作“天字二号”的游船。坐在船的二楼之上，吹着江风，看着两岸灯光环绕下的建筑，有如梦境。父子三人畅游广州的生命之源，当游船穿过人民桥、海珠桥、海印桥等5座桥梁的时候，耳畔响着解说员精彩的解说，就像走进了时光隧道，感受着广州的历史变迁、沧海桑田。

朝夕之间跨越两个省份，乘坐了数种交通工具，消耗的体力是大量的。但当我问父亲累不累时，他总是微笑着摇头，这让我感到非常愉快、惬意。这就是父子之间的默契吧。

2006.1.30

六榕无树记东坡

此次南行似与苏东坡格外有缘。

在深圳飞往三亚的飞机上，航空杂志上有一篇关于苏东坡的文章，写得非常好看。在三亚的几天，王琳和我聊天中数次提到这位一生遭贬却能随遇而安的大诗人。王琳说，正是苏轼的到来，海南岛才有了教化。

1097 年北宋皇帝的贬诏，为海南人民送来了一位风华绝代的老师。62 岁的苏东坡在儋耳过着他的流放生活。自此，海南遍地书声朗朗，学风日盛，一代代人抖落一身瘴雨蛮烟，走向深厚广博的中原大地。正所谓“唐宋君王非寡德，琼崖人士有奇缘”。

大年初三上午，和父亲前往广州四大佛教丛林之一的六榕寺，始知这所著名的寺院和苏东坡亦有甚深一段缘。在六榕寺的山门两侧有副对联，上联：一塔有碑留博士，下联：六榕无树记东坡。

先说下联：北宋元符三年（1110 年），苏轼从海南北归，路经广州，净慧寺（即六榕寺）僧人力邀这位豁达通透的居士为寺题字。苏东坡见寺内有六棵枝叶繁盛的古榕，便欣然提笔写下“六榕”二字。

后人遂将净慧寺改为“六榕寺”。今天，六棵古榕早已不存，“六榕无树记东坡”，正是为了纪念宋代这位大文豪与六榕寺的这段渊源。

上联说的是，唐上元二年（675年），千古名篇《滕王阁序》的作者、初唐四杰之一王勃来到广州，应宝庄严寺（六榕寺前身）住持之邀，挥毫写下《广州宝庄严寺舍利塔记》，不料随后他在往南海探亲途中遇溺身亡，这篇碑文成了他的绝笔。“一塔有碑留博士”中所说的博士，就是指王勃。

王勃南下死在探亲途中，苏轼北上不久病逝于常州。这一去一来间，两位文豪的命运与六榕寺结下无尽的缘分。我虽然多次来广州，并无缘分到此，此次陪信佛的父亲来羊城，终于有机缘拜会这座千年宝刹，并领略精深博大的佛教文化。

佛是一种人生教育。东坡居士一生被贬，却在诗文书画方面留下名垂千古的佳作，不能不说和他在佛学上的深厚造诣有关。他的词《定风波·莫听穿林打叶声》，是他在被贬黄州时所作，很有禅机。读来一种醒醉全无、无喜无悲、胜败两忘的人生哲学和处世态度油然现前，他那旷达超脱的胸襟，很值得我们这些后来人学习。抄录于此：

定风波

（三月七日，沙湖道中遇雨。雨具先去，同行皆狼狈，余独不觉。已而遂晴，故作此。）

莫听穿林打叶声，何妨吟啸且徐行。竹杖芒　轻胜马，谁怕？一蓑烟雨任平生。

料峭春风吹酒醒，微冷，山头斜照却相迎。回首向来萧瑟处，归去，也无风雨也无晴。

陪父亲在六榕寺上香后，我们在庙门南侧购得一香炉，遂回返下榻宾馆。

2006.1.31

人生若午夜烟花

于青岛流亭国际机场候机，我在书店买两本书。

耳畔是一位女售货员向同伴吐露的感慨：真不想过年啊，又要长一岁了!

年轻美丽的女子尚且如此叹息时光之匆匆,我们何可浑然不觉?！去年除夕与父亲同去海南的场景恍如昨日，今天我们爷俩再登征程。

每年春节的远行，事实上是我许下的一个承诺。母亲去世后，我曾对父说过,要在10年内陪伴他周游列省。2005年春节去了福建，2006年是海南、广州，2007年则把目的地定在上海、浙江。

父亲母亲曾经一起到过上海。父亲回忆是1993年农历3月，当时是听说我身体不太好，他们放心不下，从县城乘坐火车风尘仆仆赶来的，说是乘坐，其实是一路站着，母亲有时蹲在车厢的地上，多数时候是站。20多个小时对有心脏病的母亲来说是多么漫长啊，然而她放心不下儿子，还是来了，尽管此前作为农村妇女的她一次远门都没有出过。那次到上海之行颇有些浮光掠影，因为父母看到我没有什么大的问题就决定尽快返程了。

转眼之间，物是人非。13年后，当父亲在我陪伴下再度踏上上海的大地，一切都没有变，上海滩还是永远的上海滩。然而一切也似乎全都改变，母亲西去，父亲容颜已老，自己亦从一个懵懂少年步入中年。

变与不变，只在自己的一颗心。

2月17日下午2点半，东方航空公司的班机载着稀稀拉拉20多位旅客抵达虹桥，外面的风有些大，天空是厚厚的云，气温也比在青岛登机的时候低不少。我大学的师弟逄政和他的上海太太一起到机场迎接，并送我们到浦东预定的酒店住下。一路上，父亲非常好奇地向车外望着，我则有一搭没一搭地介绍着两边的景物。办好住宿手续后，父亲在房间休息，我到酒店旁边的一家理发店剃头，我和店员开玩笑说,新的一年要从“头”开始,以新“面目”示人——在北京的年底太忙了，居然没有挤出时间理理发。

年夜饭后在送我们回酒店那天的路上，逄政还出了点意外，让我们很不安。

午夜时分，我陪父亲在外滩看夜景。人山人海，老外很多，鞭炮礼花都在响亮着——过年了！海关大楼，和平饭店，这些屹立了百年的建筑依然亮丽，泛光照明设施营造出的那种光亮让人眩晕，次第绽放又瞬息消散的华丽烟花，更让人觉得这个人生的无常和易逝。

人生若只是午夜的烟花，往往在最美的一刹那凋落。

《金刚经》上有著名的四句偈是这样说的：一切有为法，如梦幻泡影，如露亦如电，应作如是观。

2007.2.17

沪上行

在上海读书的时候，我们这些异乡人出门多是乘坐 20 路公共汽车，起点是中山公园，终点是九江路外滩。快行至南京西路时，往往听到一句熟悉的“下一站，静安寺，上车请买票，月票请出示”。

我曾无数次乘公交车路过静安寺，意识里仅仅是一个地名而已，从来没有进去过。

静安寺是上海著名古刹，是闹市中难得的清修之地。相传建于三国时东吴赤乌 10 年（公元 247 年），南宋嘉定九年（公元 1216 年）移至现址。元朝后屡经修建，终毁于太平天国，仅存大佛殿，至 1921 年增建三圣殿，成今日之规模。1999 年，寺庙进行了大规模整修。

大年初一的 9 点，爷俩打车直奔静安寺。信佛的父亲要在这里为佛陀上香祈愿。一下车，几乎被惊呆——用人山人海也不能确切描绘视野中的情景。山门外大家排着长长的队列，目的是要购买 30 元一张的香券也就是进门费。当我们排除万难进入寺院时，上香的人更是拥挤不堪，让我大开眼界。

父亲请了香，点燃，问我：哪是西方？我说东南西北四面八方都有佛，你哪个方向都敬一下不就行了？老爸果真照办。

在静安寺的短暂停留，觉得到这个著名古寺中信众功利色彩有些重，大家拼命向大院中的香炉扔硬币、排着队撞钟，投币池、法物流通处统统都是卖钱的佛像佛珠……佛陀倡导的本来是出世的觉观，而很多人都是为了功名富贵而来，不知佛祖能否满足他们的欲望？

第二个目的地是我的母校华东政法学院，1993 年春天父母曾来学院看我。14 年后，父亲一人来了。校园依然那么清静，那么美丽，节日的母校看不到匆匆的学子，只有偶尔路过的人有些疑惑地看着不停拍照的父子二人。

四号楼、韬奋楼、小草坪、东风楼、图书馆、校园桥、苏州河、我住过的二号楼……父亲指点着曾经到过的地点，嘴里多是“没有变”的评价。

在韬奋楼前面圣约翰大学老校友竖起的纪念坊右侧，又竖立起一座用 298 块花岗岩石拼接的雕塑，是我前几年回母校没有看到过的，这是母校 79 级 298 位毕业生在毕业 20 年之时倡议铸造的基石，基座上这样铭刻：基石——筑起法律的辉煌。我大略看了一下 79 级学生，很多人都已经成为知名教授、司法机关重要领导。

我和父亲感叹道，转眼 14 年过去了，人生还有几个这样的 14 年啊！下一个 14 年再来，我已经 50 岁了。时间的流逝，真是很可怕。

从静安寺的喧闹，到母校的幽静，我们第三个去处重新陷入喧闹——这就是豫园和老城隍庙。人流如织，摩肩接踵，让人失去了想干点什么的兴趣，我和父亲只是随便逛了逛，豫园和老城隍庙根本无法进入，人太多了。在绿波廊吃了几道简单的饭菜，打道回府，到酒店休息。

下午4点，抵达磁悬浮列车的起点浦东龙阳站，乘坐最高时速430公里的列车，用了8分钟时间抵达30公里之外的浦东国际机场，在机场短暂停留后继续乘坐磁悬浮列车返回。

大年初一的上海之旅，有赶场子的意味。这样的安排有喧闹，有寂静，有传统，有现代，有怀旧，有展望——上海就是这样的城市，你很难用一个准确的词汇来涵盖她。

我对上海这个城市曾经有个评价，就是这个都市有很强的契约精神。大家互相之间一般是不欠什么人情的，不会轻易为了某件事求人，这和北方人常见的拍胸脯打包票不太一样。这样的城市更适合实行法治——人们以某种规范性的东西约束言行。这和熟人社会讲人情很不同，熟人社会更容易制造罪恶，纠纷更难解决。

话题有些严肃了。我对上海这个城市有着深厚的感情，在华东政法学院的4年，形成了未来闯荡社会的人生观、价值观乃至世界观，在上海，有我很多好友、师长。我和他们通话，经常操着不太标准的上海话：阿拉上海人。

明日，我们将前往苏州的一个著名古镇周庄。这个以陈逸飞《双桥的回忆》而闻名遐迩的古镇，今天据说已经非常商业化了。十多年前我也曾去过，但仍要去，因为父亲从未去过。

2007.2.18

周 庄

周庄已经成为一个购物的海洋，过度的开发也许将导致这个中国第一水乡古镇的毁灭。

不是危言耸听。

大年初二上午，连日来的阴天变得非常明朗，让人的心情也一下子明亮起来。友人花了一个多小时的时间把我们父子二人从浦东送到周庄。

周庄原来叫贞丰里，900 年前有一位姓周的迪郎将 200 亩地捐出建成了全福寺，为纪念这位官名为迪郎的周公，有关部门将贞丰里改称为周庄。当然，此地兴盛主要得益于那位江南富豪沈万三。沈从事贸易发了大财，替朱元璋修了一大段南京城墙，但这位富豪有些得意忘形，最后想要犒赏明朝的军队。那位颇有些妒富的朱洪武不禁勃然大怒：这还了得！想控制俺明朝的军队吗？圣旨下达后，抄了沈万三的家，发配到云南。可见，私人资本想控制或挟持政府，是犯大忌的一件事。

周庄人家尽枕河，水巷小桥多，全镇共有二十四座古桥，构成周庄一绝。水乡往来最方便的就是乘船。在交织的河道上，小船往来穿梭，船家与河岸上的路人，与石阶上浣纱的妇女，与擦肩而过的船上人家轻快地招呼问候，互做买卖，犹如一幅恬静的江南水乡画卷。1984 年，著名中国旅美画家陈逸飞来周庄，为之流连不去，后创作油画《故乡的回忆》。

1992 年，我在华东政法学院读书时，曾经在校报老师的带领下来此。那时来到周庄，沿着古老的青石板路往里走，一幢幢凝固了历史痕迹的明清时期的旧房、雕花的门楼、门前的石阶、临水的小桥，都在向你静静诉说着水乡古镇的宁静与雅致。当时尚未有太多的开发，游人也很少。细雨中周庄的漫步，成了一段难忘的记忆。

周庄的主要景点有沈万三的住宅沈厅，有“船从家中过”的张厅，有文人赋诗作乐的迷楼，有周迪郎捐地而造的全福寺，有因陈逸飞一画出名的双桥，有最具江南建筑风格的桥楼——富安桥等等，我和父亲手执 100 元一张的门票逐个游览。然而，今天的周庄几乎不再是当初的周庄，到处都是如蚂蚁一般四处游走的人群、旅游商品的叫卖声、河边各家酒楼的拉客声，古镇四处飘荡的浮躁和浓郁的商业气息让人游兴全无。甚至在双桥旁边留影，我们等待拍摄时机，也总被拍快照的商户排挤，等候了 15 分钟竟然插不上几秒完成拍摄，只好作罢。好在父亲从来没有造访过类似的水乡，虽然人声鼎沸、虽然四处叫卖，他还是很有兴趣地到处游走。

到处是现代建筑，林立的店铺和游人，漫天的商业氛围，与 15 年前访问过的周庄，已迥然不同。每天以数万计算的游客、古镇洋溢的功利，将为这里带来什么？如果不能有所节制，周庄会在未来消失，这是我作为一个老游客的直觉。不知当地的决策者有没有感知到这种危险？但愿能。

原本打算在古镇住一夜，终因缺少好的观感，遂临时决定和父亲奔赴嘉兴——我的好友大李和他的父母在那里过年。

明天嘉兴见。

2007.2.19

江湖与庙堂

大年初三的行程真是有意思，简单概括就是两湖两庙——嘉兴的南湖，杭州的西湖。南湖是中共第一次代表大会会址，红色的种子从那里发了芽；西湖畔的灵隐寺，是中国有名的佛教圣地之一，是杭州最古老的寺庙。

我和南湖有着不解之缘。1993 年春天，我们华东政法学院法律系 90 级 20 多位预备党员在老师的带领下来到南湖，在党旗下举行了庄严的入党宣誓；第二次到嘉兴，是和好友李永红（大李）、曹呈宏一道从上海赶去的，大概是 2000 年的冬天，彼时大李还是秀洲区检察院的副检察长。大约 5 年前，大李辞去嘉兴市检察院的处长一职，毅然到了浙江工业大学法学院任教。

年初二下午，我在周庄打电话问他是否在杭州？答曰：在嘉兴。我说那好吧，你给我订个房间，我马上赶去。

上午 9 点，天阴阴的，大李驱车到宾馆接我们父子游南湖。

与前两天见到的汹涌人流相比，南湖未免显得有些冷清。

当驶向湖心岛的游船开动，冷风便阵阵袭来，让人真切体会到什么是料峭春寒。大李恐怕游南湖不下百次了，但他仍然非常耐心地为我们讲解。岛上一位工作人员和他很熟悉，这使得我们得以免费游览了一大会议时的画舫。大李介绍，1959 年筹建南湖革命纪念馆时，嘉兴当地部门根据中共“一大”代表及当时在现场的董必武夫人王会悟回忆，仿制了一艘画舫，并经一大代表董必武审定，作为南湖革命纪念船，停泊在湖心小岛的岸边，供群众瞻仰。

父亲对南湖的风景赞不绝口，他虽然不是共产党员，但在参观革命纪念馆时也被这里的庄严气氛所感染，他甚至在党旗前面举起了拳头。

南湖之行有些匆匆，吃完午饭，大李开车载我们赶赴杭州。劳月接连打了两次电话催促,并说在高速路的收费口等待。下午 2 点半，我们和热情的劳月老兄接上了头。

到灵隐寺上香，是父亲的愿望。到宾馆安排好房间后，劳月带我们赶到离西湖不远的灵隐。一路上全是车辆和游人，我们乘坐的别克商务车行进缓慢，用了大约 30 分钟时间才到停车场。

灵隐寺位于杭州西湖灵隐山麓，处于西湖西部的飞来峰旁。灵隐寺又名“云林禅寺”，始建于东晋，迄今已有 1600 多年历史，是我国佛教禅宗十刹之一。当时印度僧人慧理来杭，看到这里山峰奇秀，以为是“仙灵所隐”，就在这里建寺，取名灵隐。后来济公在此出家，由于他游戏人间的故事家喻户晓，灵隐寺因此名闻遐迩。

父亲请了香，很虔诚地礼拜，祈愿。我也深为这座名刹的宏大气势所震撼。劳月说，灵隐寺香火非常旺，寺庙收入颇丰，乃至连改造大殿都不必政府投入。

从灵隐寺出来，天色已渐暗，我们乘车沿西湖岸边兜风，并赶往湖畔的云林酒店共进晚餐。晚上，我和父亲湖边漫步一个多小时后，赶回下榻的黄龙饭店。

夜阑须早睡，明朝宜赶路。大年初四，我们将赶往普陀山。

2007.2.20

似是故人来

1996年，我还是一个毛头小伙子，担任《中国打假风云录》电视专题节目的执行策划。那年春天，包括编导、摄像、制片等在内的一行四五个人乘坐一辆面包车云游四方，不巧就到了宁波。有位大姐是信佛的，说这里离普陀山很近，坚持要去那里上香。我当时觉得工作要紧，就不同意前往。结果这位平时一贯慈祥的大姐差点儿和我急眼，拗不过，就违心地应允而去。

那次，我们只去了普济寺，脑海中对普陀山并没有什么特别的印象，隐约记得那天下着小雨，周围是茂密的绿色植被，建筑都是旧旧的，并无多少香客和游人。那位大姐很虔诚地烧香，我们几个则在一边嘻嘻哈哈地谈笑着。

11年后，再到普陀山，是和父亲。父母在家中的佛堂供奉着观世音菩萨，而普陀山是观世音的道场，能到这里参拜也是一种很深的缘分，父亲自然引为幸事。

大年初四早上7点多，劳月老兄就到我们下榻的饭店接我们，然后出城西行。孰料还没到绍兴，就遇上封道，交警的提示牌上分明写着：前方大雾。漫漫等候了一个半小时，车子终于被放行。下午1点多，我们和座驾一起登上轮渡，驶向舟山沈家门。2点多，快艇把我们从沈家门送至普陀山。一路坎坷，辗转7个小时始抵目的地——可见求佛之路还不是一帆风顺的。

普陀山是中国四大佛教名山中唯一一座海上的佛教圣地，秀丽的自然景观与悠久的佛教文化融汇一起，成了名扬中外的“海天佛国”，巍峨庄严的普济寺（前寺）、法雨寺（后寺）、慧济寺是普陀山的三大寺。按照佛家的说法，普陀山是观世音菩萨说法的地方，是这位大慈大悲广大灵感菩萨的道场。观世音菩萨是所有菩萨中最为国人熟悉的一个，“人人阿弥陀，户户观世音”，观音信仰被世人称为“半个亚洲的信仰”。

视野中的普陀山，似乎已完全没有存于我脑海中这个圣地的影子了，只有到了普济寺的山门，我才隐约找回了一些10多年前的记忆。这10多年来，随着中国宗教政策的昌明，普陀山早已旧貌换新颜。

父亲一路赞叹，在我们的陪伴下抵达南海观音露天铜像景区，高33米、重70余吨的铜像是海天佛国的象征。菩萨脸如满月，眉目清秀，左手托法轮，右手结无畏印，显现大慈大悲相，光耀天日，壮丽无比。

下山前，父亲还在普济寺向观世音菩萨跪拜行礼。普济禅寺的大圆通殿是全寺主殿，人称“活大殿”，供奉着高8.8米的毗卢观音圣像，妙相庄严，观照自若。大圆通殿两旁端坐着32座观音应身像，展示了观音在十方世界以不同身份度化众生的各种形象。

应该有3天或更多的时间来游览圣地普陀山，但此次是难得有这么长的时光可供浏览的，在山上盘桓几个小时后，我们返回沈家门。

这也是父子南行之旅的最后一站。在这里就餐、过夜后的明天，我们就将从宁波飞回山东。而再过几天，我又将沉没于滚滚红尘，忙于俗业。

我不知自己与普陀山是否有深的缘分，不知下次再度光临此地，是何年何月?

2007.2.21

2009.2.18—2009.6.4

治疗日记

母亲猝逝之后，我开始把及时行孝当成自己生活的一个重要日程，把对于母亲的歉疚化为更多的爱，倾注于父亲：每天坚持给他一个电话，嘘寒问暖；一有机会，就跑回山东老家看他。从 2003 年秋天，父亲心脏外科手术后到 2008 年底，逢年过节我都会陪伴父亲天南海北地旅游，总共去了 12 个省市。尽管我也开始做带父亲出国旅行的计划，然而，才不过 5 年，我就于突然之间得到一个噩耗。

初闻父病泪满衫

2009 年 2 月 17 日。

父亲已经住院去了。在酒店为他开的房空荡荡的……我从夜色中推门而入，满屋子散发着孤独的气息。

父亲在 301 医院外科大楼 14F 的 29 床输液。他穿着病号服，巨大的液体袋不知何时才清空……

不知他此时在想什么……

父子至亲，歧路各别，纵然相逢，无肯代受。他和我一样，都要一个人孤独地面对病痛和死亡。

这就是冷酷的现实……

从山东带来的拉杆箱孤零零地伫立在屋子一角，里面没有多少衣物，父亲此次显然没有准备久留北京。

但也许他错了……

我突然有一种直觉，觉得有必要从今天起为父亲写日记。

早上，我们在酒店的二楼共进早餐，窗外，纷纷扬扬的雪飘落，这是北京今年以来的第一场雪。真的很奇怪，一整个冬天都没有雪，立春都很长时间了，却下起了雪。

真是无常啊。也好，旱情就要缓解了……

春节上班之后，我先是得了重感冒，咳嗽不停；感冒差不多快好了，却在2月12日早上，毫无征兆地突然把腰扭了，疼得无法弯腰，之后几天关闭手机卧床休息。等手机一开，是守东大哥的短信，要我即刻回电。

父亲自2003年心脏搭桥手术之后，五六年来当医生的守东大哥一直悉心监护他。打通电话，大哥说：你不知道你爸病了吧。很惊讶：前几天回去看他还好好的啊。大年初二回山东看父亲，觉得他消瘦得厉害——他说减肥呢。粗心的我没有在意。

大哥说：出现了黄疸，肝内胆管扩张，这边的专家认为情况不乐观，咱们既然有条件，就让他到北京查查。

我联系了301医院的马——情同手足的哥哥。我说情况很严重，估计需要住院。马说：没问题，你们先找刘志伟医生。

下午1点南站出站口，远远地看见父亲，更瘦了。

简单吃了饭，到医院附近的酒店住下，又马不停蹄地到301医院外科大楼找到刘志伟。他看了从老家中医院带来的一些检查资料后，不太经意地说：恐怕要做个手术。当时心下一惊。他说，这样吧，你们到门诊找杨滔医生开单子，再做几项检查。

门诊大厅人山人海，队列很长，父亲背着包到前面看去了，我低头一看手中的条子：MRCP，CA199，CA12-5，前面那个是核磁共振，后面两个CA不是癌症嘛！这个我是知道的，我一下子大声抽泣起来。守东大哥拍我的肩膀，我把手中的单子扔给他，冲出门诊大厅。

5分钟后擦干眼泪，再度回转。大哥指着医生退回的卡片，“诊断”一栏有些潦草的字：肝门部胆管癌。

马从外面回来，说刘志伟已经和他沟通情况，很严重。他领着我们楼上楼下地跑，抽血，预约核磁共振，约到晚上 7：30 做。在这中间我又是几度痛哭失声，又怕被父亲看见，产生疑心。

我好命苦啊，前几年刚没了娘，这回又可能会失去爹啊。爸爸也命苦，五年多前刚做了心脏搭桥的大手术，这次又要切掉大部分的肝！

晴天霹雳，头顶都是巨大的雷声。老天爷啊，怎么会这样。

在百度搜索肝门部胆管癌：肝癌是“癌王”，隐身肝脏中的胆管癌却是“癌王之王”。香港艺人沈殿霞就因为胆管癌去世。肝门部胆管癌是指发生在左肝管、右肝管、左右肝管分叉部和肝总管上段的癌，约占肝外胆管癌的 58% ~ 75%，是常见、最难治愈而又最能致命的胆道恶性肿瘤。因肿瘤所在的肝门部血管纵横交错，位置险要，历来是胆外科治疗的难点。

从诊断之日起算，如果不予治疗，3 到 6 个月就要死亡；如果手术切除病变位置，生存期大约 13 个月。

这意味着父亲的生命已经进入倒计时。

今天早上，爸问：马那边有没有消息？我说还没有。

——我们都注视着窗外纷纷扬扬的雪……

中饭后，马来电：你们到医院的地下一层等我，办住院手续。

父亲入住解放军总医院外科大楼 14 层肝胆 1 病区 29 号床。护士说，有什么没有办完的事现在可以去办，晚上 9 点前归队，一旦进来就不许离开了。

我们都说：没有。

病房是个两人间，有一个动过手术的病人躺在床上。父亲友好地和他们打招呼：你好！

父亲不知病情，我们统一的口径是：胆管里有个囊肿，手术取出后黄疸就解决了。他信以为真，对打来的询问电话都很乐观地描述着，要对方不要担心。

父亲永远是那么简单，乐观，童心一片。

而我在旁边瞥着，心在哭泣。

走出医院的大门，快7点了，天空又飘起雪花……

2009年的春天，2月17日，早上是雪，晚上是雪，早晚都是雪。我今生都不会忘记这年春天的雪，它冻碎了我的心。

马给我一个短信：你要挺住，有事情一起担当；我们竭尽一切手段来迎战，为老爹祝福。

多谢哥！

父亲今天一直在说：你的兄弟都这么好。

泪落如雨。

无法敲击，被打湿的键盘旁边是一包开口松子，一包开心果。

是爸爸自山东带来的。

父亲住院的首批访客

如果不是进京，父亲已开始学习驾驶。他带在身边只有一本书，驾驶方面的。年前一次我回山东看他，他说要学车，交规已经 80 多分了。他说学好之后买一辆二手车，自己开着方便。他和我妻子说，要不是到北京看病，自己早就上车了。

昨夜和守东哥聊天，我说像父亲这么好的人，从小受苦，心地善良，从不与人为恶，而且每天虔诚念经拜佛，怎么会得这样的恶疾，而且每次几乎都是要命的？哥哥无语。

我和他还说了自己的一些想法：一是尽最大努力，用最好的办法救治父亲；二是手术后向单位请长假，陪伴父亲一段时间。

换了一个便宜些的酒店，做长远打算，打持久战。

我回到单位处理那些繁琐的公务。中午小姜把培臣表哥和东哥接来，在一个驴肉店随便吃了些饭。

下午，急需处理手头事务。小姜电话告知，父亲听说我们吃驴肉了，问我能否把打包带走的驴肉给他吃？

我说问问医生吧。一阵心酸。

我妻子和女儿到医院探望父亲。他很高兴，用手机拍下一些影像。

医生决定先为父亲做引流术，以穿刺方式把管子插到肝内胆管，排除黄疸。

我在外面会客，东哥给我电话后，就急着往医院赶。

到病房的时候，父亲刚刚从手术室推出来。

他的眼睛紧闭着，不敢喘息，伸进腹部的那根管子让他很难受。问他是不是疼，他说是一种说不出的感觉。

父亲一向是乐观的，每天都是阳光灿烂的表情。他总是感染着周围的人。然而，这根管子却让他失去了笑容。他侧卧在病床上，一只手紧紧抓住管子，另一只手抓住病床上的护栏，脚部有些痉挛。父亲显然正在承受着巨大的肉体痛苦。

同室的刘姓病友说，这要适应几天才会好些，因为管子穿透了腹部的隔膜，每次呼吸都会有感觉，非常不舒服。他说他当初是双侧插管，20 多天才排完黄疸。

父亲是在右侧插的，东哥告诉我，一侧插管排黄疸可能慢些。

每天傍晚时分，301 医院外科大楼东侧的天空和树上，都是飞来飞去、起起落落的乌鸦，叫声很凄惨。这些乌鸦每天早上飞到西山去，傍晚从西山再飞回来。不知为何，北京的王府井、万寿路，都是乌鸦聚居的地方，黑压压的。

少林哥和肖东哥知道父亲住院，执意要来探望。他们带来了一篮鲜花,上面写着“早日康复”的祝愿,花篮被摆放到病房的南阳台上，一屋子花香萦绕。

他们是父亲住院后的第一批访客。

晚上，我到单位加班，培臣表哥和东哥两个人陪护。收到表哥的短信:好消息！老头精神好多了，现正坐在椅子上吃晚饭，放心吧。深夜又来一信：我给他按摩肩和背，老爷子打完针睡着了。

20号一早就到单位，开了整整一上午必须参加的会。中间接到马的飞信：化验出来有一项癌抗原指标很高，对诊断有重要价值；刚去看过老爹，还行。

五叔乘坐动车组从老家进京。我到北京南站接他。在车上谈父亲的病情，又禁不住恨自己粗心，没及早察觉父亲的异样，惹得五叔也跟着落泪。

一起到病房，父亲坐在床沿上，五叔来了，他很高兴。我看见他的表情已经轻松许多，被揪得很紧的心也略微放松了。

父子连心。为他的痛而痛，为他的笑而笑。

晚上和马通话，谈到手术的时间表——他说等肝胆外科董家鸿主任从国外回来再商定。

放生，愿为父亲延寿

2 月 21 日上午，在八大处的停车场遇一老者，地下的笼子里都是麻雀，询其有多少？答曰：25 只，还有 2 只斑鸠。花 100 元买下，全部放飞。

放生，救赎这些鸟类的生命，真心祈愿能够延续父亲的寿命。

和陪伴父亲的五叔聊天。他说：早上你爸爸说疼，原因还是那管子。五叔还说：你爸今天的情绪不太好，言语之间有些消极，说似乎享受不了现在的福气了，要不怎么 5 年多的时间里，就有两次大的病灾呢。

妹夫给我发来短信：咱爸情况如何？要不我和志霞去一趟。你给我账号，我给你打过钱去，咱爸治病不能只花你的钱。

复信说，目前我还能应付，应付不了自然要找你们。

告诉父亲，妹妹和妹夫都很关心你的病情，计划到北京来或者寄钱来，都被我拒绝。

腰痛更甚。在病房里，父亲要我看看去，他说估计椎间盘有问题。

晚饭是我妻子送来的，芹菜肉丝，醋溜白菜，主食是包子、馒头。父亲的食欲看起来还不错，但没有吃多少。

春节前后开始重感冒，咳嗽得厉害，熟睡间也会大声咳醒。睡眠也不好，总是做噩梦。感冒半个多月刚转好，腰又扭了。正治着腰伤呢,却得到父亲得病的消息。2009年对于我和父亲,绝对不是个好年景。但愿天地照应，我们父子都能度过这个难关。

父亲的情绪还算正常。他说夜里疼得厉害，就像刚插管子的时刻那般疼。无法入睡，坐起来，站起来，都疼。

五叔说：今晚必须陪床，给他捶背、按摩，或许能减轻疼痛，医生不同意，我们也要想办法，不能让他一个人。五叔忆及年前几次看到我父亲的异样，尽管有所察觉，也提醒他尽快到医院检查，但没有想到是如此严重。说到动情处，五叔数度落泪。我少时，五叔对我的求学十分关注。每次到我所在的中学，都要看考试的名次榜。看到我的名字高高在上，就顺手从口袋里掏出几块钱予以奖励。上个世纪80年代的几块钱比现在的几千块都值钱。

和父亲同一病房的病友是淄博的一位外科大夫，姓姚，70岁了，性情达观。几个月前怀疑是胃炎，但服药后没有改观，遂果断到北京住院。他坚决要求大夫开刀，打开后搞清楚了，哪怕在手术台上下不来了他也甘愿。他说，他给人开了一辈子刀，什么都看透了。

这位病友的乐观态度对于父亲会是一种鼓励。

双休日，几乎看不到医生，没有任何关于父亲手术的信息。

晚上，五叔执意要整夜陪护。

此次父亲的病情，对单位领导、亲朋好友保密了，因为怕大家为父亲为我担心。在个人博客上也未透露一丝讯息。但为了记录这段时光，觉得还是保留一些细节，因此在新浪的空间上开始撰写父亲病中日记。

依然是为了保密，我退出了曾经加入的新浪博客检察官圈子。

没有想到，还是被细心的浙江省检察院副巡视员、我大哥岳耀勇发现了。

他先是在我的博客上留了言，下午又给我发来短信：看了你的博客，才知道你父亲生病在北京住院，非常同情。祝愿他老人家早日康复。在最后一刻来临之前，我们谁都不知道会发生什么。所以，不要悲观，不要丧气，挺过去，一切会好的！要保重自己，为了你父亲，为了你的一家，为了我们！大哥用他的亲身经历劝慰我。

又是一个繁忙的周一，早上照例到单位开行政例会。

会议结束就急忙赶回 301 医院。五叔对我说：你爸昨晚疼得厉害，两点多钟就醒了，再也无法入睡。

接近中午，与马联系。马说：已经见到董家鸿主任，并初定周三做手术。他要我立即到办公室见主任一面。此前，马对我介绍说董是 301 医院肝胆外科的主任，是最优秀的肝胆外科专家。

走进董的办公室，在我面前的，是一位平易近人的医学专家。他虽然刚从德国飞回来，但看不到一丝倦容。作为患者家属，我表达了希望他亲自为父亲施行手术的渴盼心情。简单沟通后，确认了周三手术的消息，悬着的心暂时放了下来，一时有些慰藉。

培臣表哥发来短信：姑父这两天正常否？昨天下午买了一些甲鱼、鸟等，到峡山水库放生。手术日期定下没有？回复表哥:多谢二哥，初定周三施行手术。我会以最大努力挽留父亲的生命，必要时不惜自己的生命，因为我的命是他给的。

2 月 23 号晚，季弟加入对父亲陪护的队列。

手术延期，漫长等待

传来消息，董家鸿医生最近的手术日程已经排满了，父亲的手术要么推后，要么换其他人做。中国的医疗资源实在有限，所以只能到处托关系。找到董亦是费尽周折。其中难为就不多说了。

2 月 23 日上午，我和父亲到北楼住院部背 24 小时动态心电图，在电梯里，父亲自言自语说，都瘦得没有人形了。他说，只有 140 斤了。这恐怕是 30 年以来父亲体重最轻的时候。

那天下午 4 点多，陪护的东哥发来短信：爸想吃饺子，白菜馅，用花生油，放点儿葱花。我让小姜找了家店定做后送去。第二天中午，父亲吃了我从酒店订做的干豆角包子，开锅豆腐，土芹肉丝。吃了整整一个包子，他说这是几天来吃得最多的一顿。

25 日董主任来到父亲病房，对病情作了了解，要父亲放心。

何医生发来中药的方子，到眼科医院的中药房取药，多味药没有；让小姜到同仁堂找大杨，仍然有几味没有；何医生作了修改。他说：这个方子排黄很快，第三副就会收到明显效果。

父亲的心情明显好过前几天，我的心情亦因之好转。

同时也担忧五叔的健康状况，找人给他作了体检。这天是他生日，我为五叔取药，买血糖测试仪，祝他生日快乐！帮他张罗体检、看病，也算是生日礼物吧，送礼送健康。教他如何使用胰岛素的笔，如何测试血糖。数落他，要他注意身体，按时打针，服药。不要像我父亲，等到病了，只会给子女添麻烦。

表妹建红亲手为五叔做了长寿面，送到病房。

河南的好友发来短信：我们这里下雪了。

回信：我的世界白雪飘扬。

连续两天没有任何消息的等待……

26 日，乙泰弟领着老婆孩子来探望父亲，我把他列入陪护队列。

发短信给马：有没有消息？回复：大家都在等。

27 日，马到病房陪父亲聊天数小时。父亲和他探讨佛法。马和我说：佩服你老爹竟是这么达观，心理上我看 40 来岁，对佛法也这么精深了悟，我觉得这是最有利的一点。手术后看情况，如果要移植也应考虑。

下午 4 点多，尹洪东约了北京卫戍区医院的赵炳善主任过来看望父亲。下周一他要我拿出父亲的片子他找一位老教授看。

何医生开的中药已经发挥作用，父亲的黄疸开始减轻，气色有所好转，饭量都较前几日有所增加。他说，一顿就吃了几天的量。

黄疸继续减轻，何医生的中药方子看来发挥了重要作用。

外科病房的确粗疏，中午甚至送来糖包子，父亲有些不悦：和他们说了我是糖尿病人，怎么还给送这些东西？

在病房陪护。同病房的病友姚伯伯有些焦虑，他前次肠镜检查因为肠道不清做失败了，再次做要等一周。姚家阿姨是个爽快外向的人，和我们聊他们当初恋爱的经过，给病房带来许多欢声笑语。

姚伯伯是外科大夫，他对自己的身体非常敏感，而且特别达观，他要求医生必须打开腹腔查查到底长了一个什么东西。他的乐观与透彻对父亲也是一种鼓励。

东哥说：爸这两天体重不再下降了，长了 4 斤。

是个好消息。

心里甚是高兴。

父亲说要吃煎饼。我和东哥到超市转了半天也没找到。只好买了紫米面糊和玉米面糊做的手工煎饼，3 块钱一个，买了 4 个。叮嘱父亲和五叔少吃，糖分很大，可能会影响血糖。让小姜到饭店买了豆腐渣、清炒白菜苔和酱油腌的蒜片，都是很清淡的菜。

接到开封干妈的电话，说找了安老师占卜我父吉凶，不吉，不禁悲从心头起。

我真的惧怕父亲的逝去。在车上，和小姜说，面对即将到来的逝去，我什么都看透了，争啊抢啊的有什么用呢。

一大早开机，接到马哥短信：7 点半已会过董，诺定会优先安排。现肝功较差，将要切过半，为安全及术后计，仍需等恢复一周左右，此属国际惯例，通常不会因此等候而有转移之虞。让我一定向你解释到位，说你也可随时来问。

董主任很人性化，怕我有顾虑。

上午是单位的行政例会，中间收到东哥短信：爸已转移到单人病房。他说父亲很满意。单人间很少，为的是保持安静，让父亲休息好，我们也不扰病友。

下午觅到病房，姚伯伯在和父亲聊天。他说你爸到单人间后，搬进来一个重病号，不能大声说话，不能打手机，有空就到这儿来了。

我把《我的母亲》一书送给他和老伴孙阿姨一本。

——父亲的气色越发好起来。

大学同学魏巍来信：前夜外公睡梦中昏迷，呼唤他半小时终于醒来。父母和我一夜未眠。昨天白天他对我说不用紧张，就当他睡一觉醒了就醒了，不醒就去了。想想白天我还带他洗脚按摩吃饭，晚上险些阴阳两隔，真是行孝一刻都不能耽误。

大约六年前，我曾发愿带父亲游历大江南北，然后再出国旅游，至今国内不过10余省，境外尚未成行。不想行孝已经倒计时了。

老马在病房陪父亲继续探讨佛法。父亲说，得这病和前世作的孽有关。佛经上说，要知前世因，今生受者是；要知后世果，今生作者是。我和父亲开玩笑，何大师认为极少有人知道自己的前世，你怎会知道自己前世作什么孽呢？接着和他说，人生这一世，无非是报恩报怨。我和你的父子缘分，也是前世因。前世我欠了你的，今生就当你的儿子来报恩。

父亲笑笑不语。

肖东发来飞信：送给你马可·奥勒留的一句话，你出生前的无限的空洞和你离世后无限的寂空是一样的。意思是，你现在不会感到唐朝时你不存在的痛苦，你以后也不会感到你不存在的痛苦，因此，死是不可怕的。

我回复：爱因斯坦说，对于我们笃信物理学的人来说，过去、现在和未来之间的区别只不过是一种幻觉而已，尽管这种幻觉有时还很顽固。

肖东说：对，哲学比物理还要有深度。

终于找到了医院领导

3月4日上午，赵炳善主任带我到门诊部，找解放军总医院著名专家冯玉泉，他是肝胆外科的老主任。冯主任看了片子，认为施行根治切除术风险较大，可以采取保守疗法，通过手术把胆汁引流进入肠道，再通过化疗对病变部位予以控制。

直白地问他：这种癌症手术后的生存期如何？

冯主任回答：不是很理想，五年成活率不到10%。

由于他不主管父亲所在病区，在我的请求下，他答应与负责我父亲的王敬主任医师进行沟通，他记下父亲的名字和病床。

走出门诊大楼，我追问赵炳善主任：到底能活多长时间？他给我的答复：最多一年。

令人绝望但是高效的一天。

之前联系的总后勤部一位老乡也回话了，我向他汇报了父亲的病情，希望他能给医院领导打个招呼，给予关注，并能提出一个相对成熟的治疗方案。

我和东哥、小姜出去吃中饭的间隙，301医院陈副院长就到14层肝胆1病区看望了父亲。

马陪我到办公楼找到了陈，非常平易的少将军衔副院长。马说她原在 304 医院，妇科大夫。难怪如此慈悲。

父亲气色一般，说话嗓子有些发沙。显然，对于院长的到访他很高兴，他对我说：你别总给人家添麻烦。

父亲很关心老家的那片树林，他给不少亲戚打了电话布置在 3 月 15 日开始植树。他很惦记那件事。

手术日期继续延迟

前几日，一位好友批评我的脆弱，说第一次发现我像个女人。

女人其实比男人坚强。

一直在单位处理公务。有几个人辗转得知父亲住院的消息，要来探望，被我坚决拒绝。

妹妹汇到父亲卡号上 7 万元，要我查收。

从 2 月 16 日父亲到京，次日住院，我就住在酒店，掐指算来不归家已有 18 天了。父亲一天不出院，我就一天不回家。头发也长了，显得憔悴。但父亲不手术，我亦不去理发店。

至少是以这样的身体语言来支持父亲吧。

五叔昨晚 9 点陪护，打了一个喷嚏。

父亲说：你赶紧回去吧，别是感冒了。

东哥感冒了。

手术前对感冒发烧特别敏感。一旦出现这个情况，所有的准备就得推后。我让五叔和东哥在酒店休息，一人到病房。

父亲继续挂水，突然筛糠似地抖了起来。以为是发烧，量体温，36°8，没事。停止输水，一会儿就不抖了。再测试，37°5。问护士长是否输液引起，答复：不是。

我到30床看望了姚伯伯,他正在看书。父亲虽然换了单人病房,但因为是在阴面，缺乏阳光的照耀。姚伯伯这里就不同，窗外的阳光温暖地洒入病房，有些热。

姚伯伯说看了我为母亲写的书，很感动。他认为我的思想还是“古董”，很多东西都是传统的。我说，孝敬父母是应该的，作为一个正常的人，都应回望并感恩自己生命的来源。我说，父亲的病发现晚了，和我主观上的忽视有关。父亲这两年其实一直厌油，尤其是不怎么吃肉了，而我却真以为是父亲念佛修行到了境界，实在是愚蠢至极。

晚饭是从饭店订的，两个芸豆酱肉包子，菠菜炒爬虾。

3月7日、8日，被告知手术日期继续延迟。

我也感冒了。只好麻烦季弟连续作战。

表哥王法庆和葛明信辗转得知父亲在京住院，7日下午结伴到了北京，但没有告诉我。

法庆说老爷子气色不错。我对他们隐瞒了病情，表情故作轻松地说是一个小手术。

正在聊着，季弟电话进来，说刚才董家鸿、王敬、向昕来查房了，认为父亲的胆汁颜色还不行，下周二的手术还是不能如期施行。大夫还要他把分泌出的胆汁喝进去，观察一段时间。

我说按照大夫的指示办吧，如果达不到手术要求而仓促做，反而是坏事。我和东哥研究用胶囊灌注胆汁，让父亲服用。

季弟一会来电说：喝了一杯子。

中午给父亲订了虾仁水饺；五叔下午到病房陪护。

几位主治医生询问病情，问父亲服用胆汁的效果。父亲说：喝了以后胃蠕动快了，不再有胀感。

父亲说这两天睡眠还好，但两次梦到我的母亲，这让我一惊。他说，一次在梦境中见到去世的大姨，近前看却是母亲，突然变成一具骷髅，父亲不禁惊醒，翻身坐于床头，陪护的季弟把父亲迅速搀扶好；另外一次他梦到母亲身着黑衣。我虽有不祥之感，但仍和父亲讲道理：身体弱的时候，会有关于亡人的梦境，不必在意这些。

下午陪护父亲，在病榻之侧用笔记本电脑网上办公。

空气里都是沉闷的气息

3 月 10 日，早上到单位处理手头事务。

在去医院的途中，父亲打来电话，嗓子有些发沙：赶紧想办法吧，你五叔被护士赶出去了，说是一律不准陪护，如果一定需要，必须办理陪护证。于是我急吼吼地给外科大楼的领导发短信、打电话，张主任正在开会，他说会后立即协调。到了医院，在院子里电话问询，表哥说已经解决了。

中午，在酒店订的水饺、清汤海参，表哥说父亲吃得还不错。

午饭后，和五叔快步一小时，他的血糖已经日趋稳定，先于父亲治好了病，真是好事。我们在 14 层家属等候区聊天，来病区的有几位亲人：二表哥、五叔、东哥、乙泰弟、我。季弟打来电话，要求明晚陪护。

这次父亲住院，我严密封锁了消息，甚至对妹妹也没有点破。马、东哥、乙泰、季弟都是情同手足的兄弟，我必须告知且求助他们；表哥和五叔更近，自不必说。这次对父亲的陪护，这些亲人给我最多的感动，大家都有手头的事情，却能完全放下。

给马短信，我说很焦虑，问有没有最新消息？回复：董在一台大手术上，早上的交班会没有新的医嘱，父亲手术最早也要周三。

天气灰蒙蒙的，空气里有些陈腐的气息，压抑的一天，没有任何消息，好的，坏的，都没有。

今夜，记下这段话：圣经《旧约·诗篇》第 90 章是摩西的祈祷，核心的一句是：我们一生的年日是 70 岁。若是强壮可到 80 岁。但其中所矜夸的，不过是劳苦愁烦。转眼成空，我们便如飞而去。谁晓得你怒气的权势，谁按着你该受的敬畏晓得你的忿怒呢。求你指教我们怎样数算自己的日子，好叫我们得着智慧的心。台湾民谣歌手马兆骏把这一段做成了歌曲《数算我们的日子》,这人已经去世了。

父亲还不到 60 岁。

3 月 11 日上午，和马有一通长长的电话。他和主管医生作了详细交流，认为父亲的肝功能很差，因为有 20 多年的饮酒史，肝细胞的损伤很严重。如果做较大面积的肝切除，身体的耐受程度不够。也就是说，一旦手术，肝功能将无法承受。

我、表哥和五叔找到主管大夫向主任。向说，董主任和他们小组对病情进行了评估，认为方案要慎重。考虑到手术切除风险巨大，董主任提出考虑肝移植方案，但需要家属的表态。

我对向说，不必考虑钱的问题，301 是中国医疗水准最高的医院之一，希望你们用最好的医术延长他的生命。

我们还就肝移植的诸多问题进行了询问。谈到肝源，向主任说医院方面当然会想办法，如果你们家属有途径也可以。向说董出差了，等他回来会把你们的意见汇报给他。

疯狂地到处打电话……

大学同学张帮忙找到她的一个上级部门，说有办法寻找肝源。不得不告诉她需要肝源的是我的父亲。

阿姨从老家坐动车抵京。原本打算让她手术后来，但手术的事遥遥无期，加之她是父亲的情感寄托，就应允阿姨过来。她带来了妹妹志霞炒的咸菜，说是父亲要求的。我说这些东西吃了血压会高，别让他多吃。父亲与阿姨相见，两个人都很高兴。老人自有老人的感情世界，子女是无法替代的。然而，他俩并不知正在步步紧逼的病魔，我要求所有知道父亲病情的人都不能泄露一丝一毫。

晚饭，和五叔、二表哥、东哥、季弟一起，沟通了有关情况，决定往肝移植的方向考虑。

情绪特别狂躁，感觉整个心已经被提了起来。

作出重要决定

开始转向肝移植方案——

3月12日上午，赵主任带我找到5病区的史主任，这个区专为等候肝移植手术的病人而设。

史主任看了父亲的一些影像材料，询问了5年前心脏手术情况，他也认为肝移植手术对于父亲的治疗更显得主动。

马哥带我去门诊楼找到刚从手术台上下来的董主任。董真是名医，实在太忙。昨出差到济南与史一起到齐鲁医院做了一例肝移植手术，刚回来就上了手术台。

他的门诊室站了很多人，他很简捷地说，因为父亲的肝功能太差，一旦手术切除大部分肝，非常危险，可能下不了手术台。因此，肝移植是积极的方案。他说会把父亲列入计划名单，至于肝源，除了医院想办法之外，作为家属也要积极寻找。

一直在疯狂地寻找获得肝源的各种路径。

下午6点，和五叔、东哥、季弟一起吃晚饭，通报上述情况。大家认为，既然下决心做肝移植手术，就得做好持久战准备——住在酒店的费用太高。决定明天起开始物色一个两居室的楼房，一来降低直接费用，二来可以为父亲烧菜做饭，想吃什么就做什么。

查了肝移植手术的周期，从几十天到上百天不等，作租房这一决定是明智的，有很多好处。

一切为父亲的肝移植手术服务。

找了无数的中介公司，找了无数的人，无法找到满意的房子。

经过权衡，最后终于决定租住假日酒店附近一个两居室的房子，60 多平方米，每月 2500 元，总比现在住酒店便宜。上午办好了一切手续，东哥负责清扫卫生。

中午为一位年轻同事的婚礼担任证婚人，下午和长江商学院 8 位同学聚会。一想起父亲还在病房，就觉得很恍惚，似乎是两个世界的交流。一会儿生活在现实世界，这里有病痛，有绝望；一会儿就生活在精神世界，有婚礼，有朋友的交流，少有人知道我内心深处的疼痛，这是现实。

父亲的头发开始脱落，可能和药物有关。头发虽稀疏了不少，但黄疸已经明显减轻，气色也更好。

接到消息说，向主任通知父亲做好准备迁到 5 病区，5 病区负责肝移植，条件差一点。东哥说，要小心父亲的敏感，他可能会打听到一些和自己有关的信息，尤其是在这个以肝移植为主的病区。我说没事，解释一下即可。

搬到了 13 楼的 8 病床，两人间。父亲问 14 楼单人间住得好好的，为什么换？我说这个病区的史主任是山东人，手术高手，董主任是国际级名医，不可能始终盯着你。

父亲可能真的起了疑心，他自己问一个老家是潍坊的进修护士：

病历上我到底是啥病情？这位杨姓护士显然很聪明：胆结石，胆管堵了。

父亲对我说，都住了一个月了，什么时候做手术？！我说你住进来就踏踏实实治病，听大夫的，别的不用管。

——3月16日，肝源有了希望！来自德州。连夜和医院的大夫一起赶往山东。

由于精神过于紧张，胃发生痉挛。

上午11点取得肝源后立即从山东回返。回程只跑了两个多小时，连手术的组织者都颇为诧异——原本是4个小时的路途。

一路上，不断用短信联系陈院长，告诉她肝源已经找到，希望她动员董主任主刀。院长正在都江堰出差，她与肝胆外科以及董做了大量的沟通后回复我：都安排好了。

回到病房，轻描淡写地告诉父亲我开会去了，他并未起疑心。他说今年运势很差，身体生这场病，老家他的那片树林让大姑栽树苗，种完后才发现都是病苗，还要返工，损失六千元。我说：管它呢。

——返京路上就与史主任频繁通话，得知手术团队已待命。

下午3点，手术护士进来做术前准备。管子经鼻腔插入胃中时，鼻子出血。父亲显然不适，感叹了一句：人生如梦，转眼又是百年身。我和父亲开玩笑说，你这是第二次上战场了。

按照肝移植手术平均七八个小时的时长计算，大约零点前后完成。手术中心门外都是守候的人群，每当医生喊一嗓子，就有一群人围拢上去看病理标本，也就是被切下的肿瘤部位。

和东哥说，这是我 38 岁以来所做的，最重要的一件事。

0：43 分，浑身插着管子的父亲被大夫推出来，在我们的护送下进入 ICU 接受密切观察，以避免出现手术并发症和术后感染等。我们被告知，父亲大约会在早上 6 点醒来。

用手机拍了几张麻醉中昏睡的父亲，作永久的纪念。

翻看旁边的手术记录，有这样的字样：术者董家鸿。

第二天早上，我要参加一个重要会议，五叔、季弟、东哥到外科大楼 13 楼的重症监护室探望父亲。按照 ICU 护士要求，带了洗脸盆、毛巾、浴液，供病人擦脸、洁身之用。

东哥 8：45 短信：爸初醒，还睡。我问：有没有异常情况？答曰：一切正常。向陈院长、谢叔、参谋长等分别发了短信，告知父亲手术情况，并致谢意。

下午在走廊里碰到陈医生，他说你父亲的指标很好，一般做完肝移植手术后病人的转氨酶都超过 1000，他的才 100 多，一会儿就要从 ICU 转到普通病房。我们一听都很高兴，步履匆匆赶往 ICU。透过门口的玻璃窗，能远远地看见父亲，护士在摇动床柄帮他活动上身，看见他在讲着什么话。

被允许进入，戴上口罩，穿上隔离衣。自 2003 年那次心脏搭桥手术后，又一次在重症监护室直面父亲。我的眼泪依然止不住落下来。

真是一段人生一段梦啊。对我来说，几天来也如同梦境一般。

危险期，空气中有了些轻松的气息

3月21日陈院长一大早就到病房看了父亲，马说她从四川回来是昨天午夜。

对于父亲这样一个普通病人，作为有少将军衔的她来说，这样细致和周到真的不可思议。在她和缓的语气中你看不到一丝做作和浮华。铅华尽洗，大抵就是如此吧。为这种高尚的医德深深感动。不知301的中年一代或者青年一代还能否继承这种传统？从董主任身上可以看到一些影子，看到了希望。

301重症监护室年轻的护士们，如陈院长一般打动着我，她们面对的是刚从手术台上下来的危重病人，身上插满了管子，流着液体，但她们面带微笑，全心全意24小时不间断看护，打针、抽血、吸痰、翻身、记录，专业的护理水准让人惊叹。即使作为儿子，对父亲亦无法做到那般无微不至。

中午，琳自海南飞来，因为此前事先保密，直到见面才告诉他父亲的病情。到了病房，父亲能够很清楚地回忆起那年我们到海南时琳的陪伴，以及对南山寺和观世音菩萨108米圣像的朝拜。

晚上有活动，短信问东哥情况，回复："脸色开始红润，基本恢复到以前健康状态。胸部插管处有一处轻微出血，无大碍。"

妹妹和阿姨昨天下午从山东赴京陪护。

手术后第3天开始，将进入感染的危险期。

这个时候，任何细菌都会引起严重后果，应该减少探视，陪护的人相对固定。不少知情的朋友要来看，都被我拒绝了，但苗兄以及徐桂和居士的到来我却没有阻挡住。

父亲看到徐居士显得很激动，他是父亲学佛的老师。此次他专为父亲的病而来，带来了念佛机，告诉父亲如何听、如何念。

大夫再次确认父亲插管处渗血属于正常，并更换干净的腹带。

3月22日，得到通知，可以正常吃东西。还被告知明天或许可以再拔掉两根管子。上午查阅有关肝移植术后的各种资料，比如并发症、饮食原则等等，把有价值的东西转帖于博客，为父亲出院后的调养做基础准备。

父亲可以用相对轻松的表情和大家交流，笑声也出现了，说话的底气很足。

东哥短信告我父亲的伤口发痒，这是结痂愈合的标志，但需要止痒。询何医生，复：雍和宫立交桥下的五叶藤取自然汁涂抹即可。驱车到雍和宫桥，因为春天刚刚到来，寻觅良久，并未发现五叶藤的影子。遂再询，何医生发来一中药方子，要我抓药煎，待冷后用酒精棉涂抹伤口。

方子原文：海螵蛸20克；青皮12克；苦参15克；白蘚皮15克；秦皮15克；(水煎外洗) 2付。

回到住处，东哥、五叔、阿姨、妹妹都在，空气明显是相对轻松的，大家的话语中也有了一些笑意，都为父亲的快速恢复而高兴。

和二姨家的表姐通话中得知，老家的二姨已经不行了，浑身生满褥疮，恐怕这几天就要西去了。没有提及父亲的情况，只说我很忙无法回去。表姐说，二姨在清醒的时候反复嘱咐，她死了埋了就是，不要通知我。

和父亲讲了这事，他的表情非常平淡，说死了也就解脱了，活着太痛苦。

妹妹因感冒返回山东。

史主任带队前来查房，就父亲的恢复情况做了简短交流。

下午6点，和五叔、东哥正在医院周围吃饭，突然接到李参谋长电话，说开会结束后要到外科大楼看望父亲。五叔问我，参谋长什么军衔。我说少将，肩上一个麦穗一个五角星。

三人匆匆吃完。五叔到楼上等，我和东哥在楼下。

参谋长对父亲表示了慰问，父亲深深感谢。

送他下楼时，又把当时父亲病情的危急程度告诉他，他颇为震惊。

参谋长是十一届全国人大代表，由于我事先曾告诉过父亲和五叔他的姓名，因此两会期间CCTV播出他在小组讨论时的镜头，他们都注意到了。送他下楼时五叔提到此，对这位老家走出的少将还挺惊诧的。

五叔也很讲政治啊。

301医院住院部东侧的两株高大的玉兰树开花了，我用手机顺手拍了一张，那么洁白，满树的花正在绽放，春天到来了。

下午以后风很大，整个风中的城市是灰色的。这个春天的天气是无常的，一如这个世间。

让人担忧的一天

3 月 27 日上午，五叔电话告我：你爸腹泻不止，医生要你到医院去一趟。我一下子急了，心里想：坏了，出事了！扔下手头一切工作立即赶往医院。

路上致电史主任，他对我的批评很严厉：老爷子两天没吃什么东西，蛋白质补充不足，我在病房基本看不到你，你必须集中一下注意力，劝他吃东西，搞不好的话，前面这些努力都白费了。

规定是上午不准探视，下午我多数时候还是在的。

但主任批评也是对的，手术后我看父亲恢复得不错，思想上对细节的重视的确不够。如，昨天父亲提出要吃西瓜，五叔就满足他。他还吃了一个大苹果。父亲说：医生说什么都可以吃啊。我说：那是针对普通病人的，但你有糖尿病，甜的东西尽量不要接触，另外，手术才几天，生冷食品也不能沾的。父亲不听劝，结果昨天下午的血糖接近 26，今天的腹泻应和食用生冷食物有关。

到了病房，父亲躺在病床上，气色黯淡，一点精神也没有。五叔到 3 楼买了一个便盆供他应急之用。阿姨说一共拉了 6 次了，还反映腹胀，什么东西也不想吃。我对父亲说，你要把饭菜当药吃下去，也可以少食多餐，蛋白质不够，就无法保证手术效果。

中午，到酒店订了一份清蒸东星斑、开锅豆腐，还有一份家常面。

五叔说吃得还不错。

傍晚到了病房，我妻子小郭送来了鸡蛋羹和小米粥，阿姨一口一口喂给父亲。我来之前，父亲又腹泻，医生让他继续服用思密达止泻。

晚上 9 点，得知父亲依然腹泻，遂致电主管医生陈永兵，向他陈述一整天腹泻 10 次的状况。陈认为是应用免疫抑制剂而发生的副作用，需要处理一下，他通知值班医生为父亲使用黄连素。

回到住处，阿姨和我探讨这次严重的腹泻，她很忧虑。我说应该是正常现象，不必过分担心，301 医院做肝移植手术的成功率 100%，没听说失败过，——也是为自己打气吧，尽管，我的心里也是压抑不住的焦虑。

父亲肉体受磨难，我们精神遭折磨。

个中焦灼，苦不堪言。

医生说，什么药都用上了，但效果不彰。

坐地铁到东方广场，开始本月的长江商学院课程。早高峰，地铁车厢如沙丁鱼罐头，密不透风，每停一站，有大量人群挤入，都发出一些惊叹声。好久没有进地铁了，真的佩服这些上班族的抗挤压能力，每天如此往返，如果没有好的心态，恐怕早就崩溃了。

上课期间，心神不宁，发大量短信询问父亲的情况，课间再电询五叔。

晚上，进展情况依然让人忧心，又是 4 次腹泻。求助何医生，开一方：白豆蔻 3 克，衙粟粮 3 克，捣成粉，敷肚脐上。四处药店求草药，均因药房抓药人员下班而未果，万般无奈叩扰同仁堂人杨，让小姜前取。

返回学校途中，小姜来电称已经把草药送至病房，季弟已按照何医生嘱咐敷上父亲肚脐。

我告诉马哥，最近我是有这样的感觉，除了护士，几乎没有医生正经来过问一下。

马说，现在院里的术后病人多数都是靠自己扛过去的。我问要不要再找陈院长，要她关照一下科里？他担心会引起医生们的不高兴。

目睹父亲13天仍未愈合的伤口

可怜的二姨没有熬过74周岁这个春天，在阴历2月29日下午无声无息地西行。

3月30日下午，我从上海返回北京，晚饭后到病房探望父亲。

在写这篇博客之前，突然提到二姨，因为她不吃不喝不讲话多日了，想必已经去世。

东哥说：既然你提到了，就告诉你，二姨已经走了。

我竟然没有多少悲伤，只是说，那几个表哥肯定哭得很悲伤，他们装也要装出来。没有了二姨，我也不会和他们往来了，仅此而已。

东哥说：父亲已得知这个消息，说她到了该走的时候了。

父亲的气色不错，腹泻基本止住，饭量也有所增加。老马的两个短信说：他今天气色很好，神采飞扬。告诉他不可老在走廊练走路，气温和环境都不允可；他活动太多了，似总急着想出院，这怎么行，走多了伤口就长得慢了，间断的发烧也是因此而来。

晚上大约9时，父亲的手术刀口有大量渗出的液体，把腹带污染了一大片。我电话联系史主任、陈医生，都在手术室；值班医生不愿给父亲处理渗出问题，认为陈更了解情况。拖延了两个小时，大概是在史的压力下，才慢吞吞推车进了病房。

打开腹带，我第一次看到父亲弯弓一样的120度刀口，用不锈钢钉如同订书钉一样钉在刀口上。伤口愈合的情况不好，渗出的液体来自右侧下肋的伤口处。

这个大夫的动作极不熟练，还让我们帮忙，我们的手都没有经过消毒处理啊。他剪开了2个不锈钢钉，往里面塞纱布引流，有大量的黄色液体被吸引出来。值班医生说：明天让陈医生好好处理一下。包扎完毕，尾随出来问：严重吗？大夫没有吭气，追问：怎么这么多液体？回：是脂肪液化。

因为，目睹了父亲13天仍未愈合的伤口；因为，目睹了那些液体，我的胃再度痉挛……

和东哥斟酌半天，觉得必须把父亲当前的状况告诉陈院长，冒着得罪病区医生的危险，向她反映这些情况，让她介入。

平易近人的院长很快复信：好的，我在他手术后第一、第三天都去看过他，还好。你也没再发信息，我还以为没事了呢。我会很快安排。

第二天早上8：30，我到了医院。陈医生正在史主任指导下处理父亲的伤口，昨夜值班医生的处理的确出了问题，父亲的血象升高到一万五，这是感染的标志。史说先用生理盐水擦拭，待腹水清亮后再度缝合伤口。

午饭，是到外面酒店订的，过桥鱼、清炒白菜苔。父亲对前者较有热度，吃了不少。看到这种情况，我也很高兴，说晚上再给你订这菜吧。

买了两本书，一本是黄洁夫主编的《中国肝脏移植》，一本是潘长玉主译的《糖尿病学》第 14 版，两本著名的医学专著。上次父亲心脏搭桥手术，我开始研究心脏病，这次主攻肝移植术后以及糖尿病，于人于己亦都有益处。或许离开现在的岗位，也可以成为一名内分泌科的医生。

在病房，五叔向我问起墓碑一事。去年在县城的公墓，为母亲选了一块永久性墓地，计划迁坟。根据要求，需要刻一块墓碑。有一种说法是要把父母的名字都刻上去，未亡人的名字用红字。妹妹和妹夫花了 1000 多块钱找工匠刻了碑，但因母亲迁坟一事，碑搁置，那墓碑也未启用。五叔责我不该为活人立碑，说不吉利云云。我致电志霞毁掉墓碑，照他说的办。

春节未能给母亲上坟。清明节，我返回山东为母扫墓。4 月 3 日上午 11 时，收拾好行囊到医院向父亲辞行。

阿姨说，昨晚杨大夫到病房为父亲换药，说了几句关于巨额医疗费的话，父亲颇为惊诧，说不是十几万吗?！

所有的亲人都隐瞒了手术真相，父亲始终认为：自己的胆囊出了问题，不是一个大手术。但手术后如此长的恢复期，也让他产生疑问。因为，5 年之前的心脏搭桥手术，仅仅一周就出院了，这次却迁延难好。其实，外科大夫们查房时，已经多次直露地说，这个床是肝移植病人；史主任几次劝父亲注意通过饮食补充蛋白时也讲到，老赵你再不吃东西，肝就保不住，我们之前的努力就白费了。

但是，父亲太单纯，太天真了，他的大脑一直没有向这个方向思考过。因此，他依然不知道自己的肝已经被悄悄换过了。

在病床前辞行，和父亲开玩笑：回家我把你的房子卖了。他的心态好得可爱：卖就卖吧。他还告诉我房产证在什么地方。

好在，我们还没有到卖房子的地步。

来到母亲坟前的，有二哥、我、东哥、王波、志霞、桂明、振国。孤独的坟头，妹夫昨天刚刚添了新土。燃香招魂，点燃 4 盏莲花灯，摆放贡品，燃冥纸，呼唤母亲以及历代祖先前来分享纸钱。其实烧纸是没有必要的，深信母亲已经到了佛国，是无须这些俗物的。但按照风俗，该烧的还是要烧。

继续在山东老家。知悉父亲又发烧，起因是洗头。

手术之后父亲 3 次洗头，3 次发烧。看来父亲为了形象不怕发烧啊，可怜的老帅哥。

陈院长发来短信：我刚去看过病人，还好，血糖、发热的情况我跟史说了，继续关照。回信告知她，我回山东老家为母扫墓，明日即返京。

坐车赶往老家时，即一路腰痛难忍，到了难以承受的程度。在二姑父陪伴下到县人民医院做了 CT 影像扫描，医生说是椎间盘突出（中央型）并钙化，陈旧性突出，是很久以前的事了，只是还没有压迫神经，我的腰痛和这有关联。

下午，收到建红的短信：舅已退烧，吃饭也好，不用担心！

知道你苦，但只能远远地看着

父亲的眼睛，因消瘦而显得大了，眼窝深陷下去，眼神空洞虚无，好像周围的世界和他无关，这让我产生一种莫名的、巨大的恐惧。偶尔，他努力耸动双肩，使不上力气，他叹一声幽幽地说：有气无力啊。

知道你苦，但我只能远远地看着。

有时会怀疑自己的决策是错的，让他承受这么大的痛苦而前途未卜。

亲如父子，也无法替代苦与痛。

一切该来的一定会来。

一起聊近几天的情况，大家都有说有笑的。五叔说到要回家办车贷的事，父亲一时情绪失控，潸然泪下。

这让我感到很突然，一时惊诧无语。

这是父亲住院以来第一次落泪，事实上他的乐观情绪一直感染着周围的病友。在一病区时，好多病人无法接受服用自己排出的胆汁，病区负责人要他们向我父亲取经，他一时成为病区的模范病人。

这次阿姨回去了，五叔也打算回家几天，可能父亲觉得非常孤单，就落泪了。

五叔对我说，史主任通知让父亲明后天就准备出院。

但父亲的伤口还没有缝合，血糖又高，如果出院碰到无法处理的情况,还是很危险。我打算和他们交涉一下,最好能多住一段时间,待完全好转后再出院。

同时做好多方打算，致电孔叔叔联系武警总医院，看能否转到这家医院的肝移植中心继续护理一段时间，以解决伤口愈合和血糖过高的问题。孔叔叔找了武警总部的保健委员会，答复说那边床位也很紧张，等上班后问问情况再告诉我。

父亲提出晚餐吃白菜饺子。我和东哥、建红回住处准备。我和面、拌馅、擀面皮，建红负责包，一共做了 11 个。馅是白菜的，只搁了些酱油和花生油，父亲说很好吃，吃了 7 个。只是皮有些硬，我说是用两个鸡蛋和的面，他说只用蛋清就好了，别用蛋黄。

这期间正开始为期 3 个月的机关党校学习，考勤很严格，只有通过短信或者课间电话联系五叔、东哥、季弟他们，共同研究情况处置。

深夜 11 点，到病房看父亲，五叔说依然发烧。

4 月 10 日起，父亲再度发热，疑肝部有脓肿。

真是折磨。

经过腹腔引流后，父亲总算不发热了，我们几个心里略感放松。

11 日，我和东哥从病房出来，从医院步行到中山公园，全程大约 14 公里，我们用了 3 个小时。

原计划于 5 月中旬参加玄奘之路国际商学院戈壁挑战赛，我是长江商学院的体验队队长，竞赛队队长卢均从深圳来京，和大家一起做赛前的动员和战略商讨。会议地点是中山公园西南门的银华基金的会所。晚上 8 点多，尚在会议之中，看到手机面板上跳动着五叔的名字，一看大事不好，一个箭步迈出房间，接听电话后的第一句：五叔，我爸怎么了？！

父亲手术后，我不在病房的多数时间都是神经质的，怕接他们几个的电话，总是往最坏的情况考虑。对于我来说，也是心灵的极度煎熬。

“你爸又在剧烈寒战，你在哪里？赶紧回来一趟。”

致电主管父亲的陈医生，他说已经打了退烧针了，还做了一个CT。现在怀疑肝上有一个脓肿，和主任会诊一下再决定，是否穿刺引流。

回到病房，五叔和东哥都在，父亲静静地睡着。我没有扰醒他。

读《中国肝移植》一书，目前所怀疑的肝部脓肿也是手术后并发症的一种，还是挺严重的。

出差，在机场给五叔电话，他说下午会穿刺，但不知具体安排在几点。我的心一下子再被揪紧，没着没落的感觉，有些像发烧的前兆。

刘叔的语气有些严厉：你爸这个样子你还要出差啊！无奈：到深圳讲课是早就定好的，一百多人等在那里，不去不合适。

不过，这不是不陪父亲而远走高飞的理由。一有时间我还是要专心陪护，尽管他的病情如刀，一刀一刀地切割我的心。

东哥短信说：预交的费用已经超支2万，还要再交3万。他已经向表姐借，我回信予以制止，表示还没有到这个地步。

若历极端苦，再无千般难

昨夜春雨，今晨凉意顿生。

这个春天天气怪怪的，前些日气温一下子到了 27 度，忽然几天又冷。这样的反复无常让人不知所措。

父亲出现了胆瘘，或者说胆漏。

这是史主任前天和我一次通话中无意透露的。

当时大骇。

恍然大悟，也明白前些天持续发烧的原因了——难怪引流出的液体像是胆汁，但医生向我们隐瞒了这一情况。

各种资料显示，胆漏可以采用保守方式治愈，只是需要时间。

父亲是 3 月 19 日凌晨 1 点多被推出手术室的。从住院到做手术一个月，术后恢复至今一个月。两个月，于我而言，是最难忘的一段人生。我们和父亲一起与死神并肩作战，尽管还不能说取得了最后的胜利，但情况还是一天天变得好起来。

五叔说,父亲的体重几天增加了一公斤。他每天在病区步行活动,转二十多圈,速度不慢。饮食也开始正常,不再厌食。腹内依然有脓液,但术后的继发性感染得到了控制，发烧现象还有，但高烧少见。

前几日，广州的著名风水师邓老师打来电话，要改善一下父亲住所的风水格局，致电妹妹志霞操办。父亲病后，我们可谓科学玄学兼施，只求对爸爸有助。

这几天，301医院在外科大楼举办北京肝癌论坛，董主任担任大会执行主席，季弟告诉我说，董带了一大批人到了父亲病房，又是录像又是点评的。我说：可能是作为成功病例讲给大家听的，随他们去。

何医生从海南到京办事，到病房看父亲，为父亲号了脉，认为黄疸还是没有彻底解决，另外虚火很旺。他写了一个方子，让小姜到同仁堂找大杨，抓药煎药。

和朋友聊天，我说：如果极端的苦难你都承受过，就没有苦难了。

东哥说：你昨夜说了一夜梦话，几乎没怎么停下，你要自我减压。

做了一夜噩梦。

这几天父亲再度出现黄疸。

陈医生让我想办法把招呼打给董主任，让他动员全科主任参与讨论，以便确定新的治疗方案。

10:00接东哥短信：爸的情况没有你考虑的那么严重；体重近期增加2公斤，应该是个好兆头。今早说的住院费现已欠费。我和赵丽说了，过几天再说。另外联系老马了，他在外面，回来再说。

直到15:30，医生们的讨论还没结束，陈医生说完毕后给我电话。

不到最后一刻，决不放弃

“院长，今天病区透露给我的信息，我父亲的肝移植或是失败了。作为家属我的心情请您理解，我希望能给一个进一步的方案。不到万不得已，我也不麻烦您。多谢。”

“好的，立即安排，我在国外，所以没去病房。”

“多谢院长！病区负责人认为：我找您是给他们施加压力，因此还望您婉转些，主要是让董教授多关注些。但万一最后出现极端后果，我们家属也会平静接受。您的关心已经让我们家属感激不尽！”

“明白。发我住哪病区几床。”

……

现在，可以明确的是：父亲的肝移植失败！！

前天深夜到病房看父亲，偶遇刚下班的史主任，尽管他和我谈得含糊其辞，但也指出情况严重，最极端的情况会二次移植。

深夜，和五叔、东哥讨论，是二次移植，还是保守治疗？讨论了很长时间，我们都无法达成一致意见。五叔不太赞成二次移植，即便做了移植，也不知最终能否成功，第一次移植已经是个例子了。

我的意见是：即便二次移植，也不在301了。

上午，我给东哥发短信询问有没有进展，他回信：刚要告诉你，已经约好明天见，今天取片和老马费尽周折才拿到。

“我知道，这时候你有多难，任何语言都是苍白。”

4 月 25 日，打电话给刘叔，告诉他目前父亲的状况，决定转院，托他联系武警总医院。中饭时，他打来电话，说很难入住——他们可能担心得罪 301。

昨天下午，华武姑父亦来京，我们一起吃了晚饭。他说：你很坚强啊，上次清明回去居然没有流露出任何信息；你独自承担这么大压力，真是难为你了；一定要看开，该尽的力尽到，也就不会有太大遗憾了。

4 月 27 日，转往武警总医院。

先是武警总部的孔叔叔自己驾车过来，我和五叔、东哥取好各种资料，在武警总医院等候。孔叔叔带我们找到温冰副院长，见到和气的臧运金主任——他是武警部队肝移植研究所副所长、肝移植专家、主任医师、教授、硕士生导师，已完成肝脏移植手术六百多例，居全国前列。一问，竟还是潍坊老乡，觉得心理距离迅速拉近。

他看了我们带来的影像资料，认为目前的移植肝已经坏死，如果这么等下去，很快就无法存活！而唯一延长病人生命的途径，就是再次移植，但肝源也是问题！

身边多数人对于再次移植似乎都不赞成，手术的风险更大了，再让父亲遭一次罪是否值得？总是面临一次又一次的选择……父亲作为被动的一方，要承受我们所做选择而产生的任何后果。

华武姑父发来短信说：以你爸的身体状况看，不再次手术为上策，手术能否成功，说不明白，没有把握。可转院保守治疗，听天由命。

你爸得了这个病，不是你能左右的，应该接受现实。

中午，致电301史主任要求出院。他出人意料地痛快同意，说药也不用开了,意义不大。——看来,他早就等着我们家属提出来了。

接着致电999霍副院长，一位豪爽仗义的北京朋友，立即安排了一辆配有各种急救设施的救护车用于转院。

进入父亲病房，经历昨夜的高烧，他已经没有什么精神了。整个过程,我们父子只有一句对话。我说:中午吃东西没有？他答:吃了。我们两人再无言语。他的眼神虚弱而无助，我都不敢直视。

我怕自己会号啕大哭。从住院至今的70天，我们几个人浸染在医院的氛围里，心理状态都已很不健康。对于这个病区，我害怕再次踏进。

我坐在救护车的副驾驶，后面担架上是沉默的父亲，东哥在旁边护卫。只有一公里的路途，不到十分钟的转院，谁也没有言语。我觉得和父亲站立在一个大海的两岸，我在此岸，他在彼岸，只是感觉无比虚弱，并无办法度他。

在武警总医院办理住院手续，由于没有床位，只好临时住进一个7人的大间。臧主任说，如果有单人病房腾出再调整吧。

接着,是为第2次移植做准备,给可以找到肝源的各地朋友致电,希望能有消息。

傍晚，二姑从医院回到住处，说我爸要吃手擀面，萝卜丝饼。我一时有些兴奋，想吃东西是生命力旺盛的征象！我立即下厨操作，做了西红柿鸡蛋面和萝卜丝饼。二姑给他送去，但因为面太淡，父亲所食不多。

18：00，刘叔来电，说沈教授看了父亲并打电话给他，说病情很危重了，被耽误了很长时间。如果早些时候来就好了。刘叔希望沈教授尽一切可能挽救父亲。他还说会和我共同寻觅肝源，做好二次移植的准备。

不抛弃，不放弃。不把父亲抛弃给死神，不放弃存在的一线生机。这，是我当下所有的信念。

父亲，我的父亲，愿你和我们一起久住于这个尘世。

“我看到他那个样子心都碎了。都不敢见他，不敢和他对话。我这两天联系肝源，为可能的二次手术做准备，但现在还没有确切的消息。即便医生评估认为可以手术，肝源是关键问题。如果不能尽快找到，他很快就要走了。实在是不甘心啊。”

“哥，这事你可得想好了，因为爸实在经不住他们折腾了。”

——这是我和季弟的一段对话。

长江的情怀，大海的抱拥

因为父亲病重，我退出了同学策划的雅鲁藏布江和戈壁徒步。和同学们解释说，家里有更重要的事情需要处理。

4 月 23 日到 26 日，是长江商学院四天课程，我抗拒不了周围的关心，和少数同学透露了一些情况。首先是我们的红高粱拓展队，老大哥杨增武和我回忆当年他的父亲脑溢血在京救治的经历，熬了 8 个月，不治；凯元要我注意情绪的调整，如果有任何困难，随时和大家讲；第二是几个要好兄弟的张罗，建军哥拿来两盒上好的熊胆粉，要父亲立即服用以度过难关，他说只有这两盒了；安歆给他的朋友打电话，联系肝移植专家。

期间，我们正试图把父亲转到武警总医院，当时，刘叔和孔叔都没有确切的消息，课堂上的我，心不在焉。和班委刘志伟打招呼，看长江的同学有谁能联系上著名专家、武警总医院的沈中阳教授。

仗义的志伟立即在长江商学院 13 期的 SOS 系统上作了群呼。这个系统是一个应急支持体系，主要是为我们同学的应急情况而建立的，或许是因为群呼范围不大，并无回应，我亦没有将此作为终极的求救方式。只是没有想到的是，志伟利用 13 期的信息平台，在 4 月 28 日这天对所有同学进行群呼。这下可不得了，很多电话打了进来。

黄雅君、邱朝敏、方兆、杨忠武、何长亭、曲立、任文杰等等，他们向我提供了各种信息,特别是方兆同学,为父亲直接联系手术大夫。

长江 EMBA13 期的班委朴春花打来电话，说大家都很关心你的事，要和雅君一起来看看，我和她讲了目前的情况，因父亲在 ICU 等待手术，无法探视。春花说：有什么困难你要给大家说啊。

这一切，让我深深感受到了长江大家庭的温暖。长江的情怀，大海的抱拥，在这样一个集体中，我感到了力量。

五叔说，医生做 B 超，父亲连站立的力量似乎都没有了，五叔几乎是正面把他抱住而做成功的。大夫说，父亲已经出现严重的酸中毒，低血糖，需要做一些紧急处理。按照医生的说法，如果最近一周再不做二次肝移植手术，他的生命已经到了尽头。

28 日下午 6 点多，接臧主任的电话，说各方面的领导对你父亲的病情都很关心。一会儿，沈中阳教授和我谈话，电话里聊了十多分钟，他的语气是那么和气。他认为，父亲目前的情况比较复杂，手术的危险性很大，他会亲自为我父亲施行手术。

放下电话，我揪着的心慢慢放松下来。

宁可让父亲再次遭受一次肉体的短痛，绝不让我们亲人承受失去他的长痛。不到最后一刻，绝不轻言放弃。在京所有的亲人，都认可了这一观点。

我们盼望奇迹的出现。

——父亲又住进了 ICU。他换上的肝已经坏死，移植科的医生要做一些重要技术处理，以保证他的身体状况不再继续恶化。

打了 N 个电话，联系肝源，在江苏北部有了准确的信息。

29 日 14:00，接到张总电话，我的领导、兄长，他从谢叔那里得知父亲的病情。我报告了前前后后的情况，并解释了保密的缘由。他说这几天到医院看看，有什么需要做的就说。

17:00，二姑做好了饭，我和五叔、妹妹一起送到医院。明日可能手术，所以，我们要在手术前看看他。只有我被获准进入 ICU。

ICU。

I see you again，我看到你了，我亲爱的父亲——戴氧气面罩，鼻饲管，引流袋，骨瘦如柴，是我认识你以来最虚弱的时刻吧，你依然扬起左手和我打了招呼，还艰难地露出一丝笑容。

“爸爸，你是最坚强的，你一直是我的榜样。”“大家都在和你共同渡过难关，我们父子的相处还有很长的时间。”“我们找的是全国最优秀的教授，相信他们会把手术做好。”“暂时的痛苦会换来生命，是值得的。”

父亲依然不知，第一次肝移植以及手术的失败，他只是问：怎么我的病就这么难好？

我说：你肝内的胆管依然在向外流胆汁，301 医院没有处理好，如果不把问题彻底解决，就有生命危险。

主管父亲的吴医生，和我简短交流了病情，认为父亲的血液也开始出现感染，控制不好就是败血症。二次移植是挽救他生命的唯一途径，但风险非常大。“我们争取尽快获得肝源，救他的命。”

午夜，在网上搜到傅彪生前在 CCTV 艺术人生的一段视频，当时我看过的，根本没有什么感觉。这次再度浏览，感慨万千。在那期节目中，沈中阳教授和他的团队原本与我相距甚远。眼下，这个团队或将为我的父亲施行手术。

著名演员傅彪的妻子张秋芳，所著《印记》，我也在网上大略看过，文字极为平实，无丝毫雕琢造作。尽管傅彪手术后只活了一年，但整个过程中，这对伉俪的似海深情足以让人动容。

一夜噩梦。梦到臧主任为父亲手术，我在手术室外，只听到各种操作指令，苦等十几个小时。

是日，臧主任给我电话，说没有合适肝源，只有节后适时手术。

ICU 不准进入，妹妹和五叔在走廊中碰到臧主任，主任说父亲的状态很稳定。护士说，中午送去的肉丸子、虾肉丸子以及稀饭，父亲都吃完了。妹妹和五叔回来告诉我们，大家都很兴奋。二姑说送少了。

5 月 1 日，仍然是一夜噩梦。

如果死亡是彼岸，生是此岸，生死之间便是人间苦海，医院的 ICU 是海浪中的一叶扁舟，父亲，正孤单地坐在舟上在茫茫苦海之中挣扎。

这天中午，二姑从医院回到住处时，说早上送去的饭被原样退回，一点都没有吃。大家听了，一时无话，空气里一片沉默。

晚饭时，接到 ICU 值班医生的电话，说对血液做的培养显示，感染已经遍布父亲的全身，也可以认为是败血症了。目前，他的呼吸已出现问题，考虑对肺部的感染进行穿刺，以引流其中的脓液，但插管后可能导致意识的丧失。

路上，我和五叔、东哥说，昨天父亲吃了那么多东西，很反常，也许是一种回光返照吧。

有种预感，他已时日无多。

佛诞日，父亲失去了言语

五叔和东哥去 ICU，五叔特意要东哥带上录音机，考虑到大夫要在他的喉部插管，可能是最后的话语了。

他们回来后说，父亲的气色还好，也许是使用了激素的缘故，脸也比前几天大了。他问：阿姨也来了吧？五叔骗他说：来了。他在重症监护室睡了醒，醒后睡，已分不清白天黑夜。问五叔：是白天还是黑夜？五叔回答：黑夜。父亲嘱咐五叔让阿姨给他做饭，早上煮小米稀饭送来。

我让东哥放一下录音，听他讲话特别吃力，每一句都是嘶哑的，断续的。不禁号啕大哭。一时，所有的人都被我传染得清泪潸然。五叔和东哥边抹泪边劝我，要我坚强起来。

这 80 多天，我是怎么坚持下来的？只是坚信父亲有生的希望才挺住了。平时心里再苦，也是劝大家不要悲伤。可现在，眼看他不行了。我还能忍住吗？有的只是绝望，恐惧，并不敢见他。

“这时候你更要去陪伴他，在面对黑暗之前，让他感受到来自你的温暖。”

早上醒来大概 7 点多，二姑刚回来，见她脸上满是泪水，忍住悲伤劝她。二姑送去的饭，仍被原样退回。所有的人都有不祥之感，住处的气息一片静默……做饭送饭，成了一个希望和寄托，希望父亲能够吃，哪怕只吃一口……现在所有陪护的家人，被屏蔽于 ICU 之外，只剩下，为他做饭送饭这件事了。

下午 1 点多，ICU 的医生打给我电话，说：病人自行呼吸对血液的氧合能力已不充分，即将经口腔给他的喉部插管，然后让呼吸机介入。我问：痛苦吗，医生说会给他注射镇静剂，除了最初的不适之外，以后就没什么痛苦了。因为插管，他也就不能讲话了。在同意医生的建议后，我的泪水再次落下……几天前的对话，也许是父子最后的言语交流了。

农历 4 月初八，佛陀的诞辰——父亲却失去了言语。

父亲，静静地躺在 ICU，意识是清醒的，但发不出声音。他在等待裁判官重重的一槌。裁判官就是武警总医院的医生，明天，他们或许说，你父亲的健康状况已经不允许再次手术，准备料理他的后事吧；他们或许说，只要尽快取得肝源，尽管风险很大，但总是有活下去的希望。

7 个亲人同样在守候这个裁判，无论是缘是劫……

各安天命，各有喜悲——是我在手机飞信上的签名。下载飞信时，父亲还没有发病，撰写这个签名档时也很超脱。三界虚妄不实，为一妄心所变。这个道理我是懂得的，向别人也说教过。然而，当你看到你生命的来源、你的生身父亲是如此孤独地面对病痛，你怎么还会超脱？那是些实实在在的疼痛与悲伤。

5 月 3 日，五一节的最后一天，或许只是黎明前的黑暗……

二姑的长子张军桥——我表弟，医学院麻醉系毕业，作为表兄弟从小都是熟悉的，但因年龄差异交流并不多。他的短信让我非常感动：突然想到二舅可以做亲体肝移植啊！咱家人丁兴旺，我的那些舅们，甚至是我们这些外甥侄子和二舅配型应该能找到合适的，如果有的话，排斥反应肯定要小。我知道哥你天天应酬着，肝脏不适合当供体，可是咱一大家子人总有一个合适的吧？我的血型是O型，如果肝配型没问题的话我可以试试提供肝源。北京武警总医院的亲体移植做的还是可以的，沈教授在国内也是数一数二的，你要咨询一下他为好。

这短信让我也觉羞愧，我连给父亲提供肝源的资格也没有。给军桥回信认为，部分供体不足以让爸活下去，因此无法从中考虑。

三叔、四叔得知父亲病情危重，怕无法见他最后一面，要求进京探望，基于目前的实际情况，五叔劝阻他们来京。

我们找到臧主任，看院方有何打算？臧主任认为，目前的感染还有待进一步控制。肝源也不易寻到，即便有了肝源也要评估是否可以手术。双方没有多余的言语，似乎无话可问，也无话可说，我们告别主任。

出门后，东哥说：主任的话很委婉啊。东哥可能听出了弦外之音。

张总一行来医院，我在门口等候。我和他们说了情况，无法探视。他说，他的父亲前后三次手术，深知其中痛苦。他说，你读了那么多书，对生命应是透彻的。肉体只是一件衣服，脱离此处会到另外的地方安住。他要我安排好，有什么需要就打招呼。

7个人挤在狭小的空间里，无所事事，反而强化大家悲观的情绪。决定让二姑和妹妹下午返回山东，管好家里的人和事。

妹妹上车后的信：哥，又买那么多东西，我真觉得你活得太累，你能否多善待自己，知道为自己好好注意身体……刘强不是外人，有什么事你千万让他给你分担；爸的病你已尽力，别想太多。

4 日 16 点，武警总医院 ICU 医生来电：你们家属来一下，目前病人呼吸比较差，要为他做气管切开。

我的泪水瞬间落下来。

5月5日立夏，愿吾父平安过夏

今日立夏。

斗指东南，维为立夏，万物至此皆长大，故名立夏也。明人《莲生八戕》有句：“孟夏之日，天地始交，万物并秀。”

为父亲病中写的日记，计划出版时定名为《2009春天，父亲》，因为考虑到春天结束时大抵可以出院……然而没有想到的是，都进入夏天了，我们却回到了原点，而且比当初还要糟糕，乃至难卜生死。

昨天晚上，见到臧主任、ICU韦主任和戴护士长等，他们对父亲的护理是相当尽心尽力的。臧主任告诉我们，他进去看我父亲，我爸虽然不能说话，但主任握他的手时，却感觉很有力。这是两个信号，一是表明孤单的父亲有着强烈的求生欲望，他用这样费尽气力的握手向医生求助；二是说明父亲有着顽强的生命力，经过了两个多月肉体的极端消耗，他还有这样让医生赞叹的力量。

臧主任说，这一握手，增强了他对再次手术的信心。他要求我父亲努力咳嗽，以使肺部的痰和积液排出来。他还透露，插管以后病人肺部的一些东西逐渐得到清除，感染得到控制。这些信息让我们所有的人听后感到极大振奋。尽管还没有找到肝源，尽管能否手术尚未可知，但有这些好的迹象，已令我们的情绪改观。

东哥发信出来说，父亲的插管拔掉了，想吃水果，想喝稀饭，另外特别想见阿姨一面。看来形势趋好。

父亲的好转给人以信心和力量，大家一周以来近乎绝望的情绪也一扫而光，都觉得他又有了生的希望。我们决定庆祝一下，地点是在医院旁边一个小饭店，阿姨、五叔、东哥、妹夫刘强，还有我，5 个人花了不到 300 块钱。

父亲知道阿姨来京了，想见她一面。他还问我的妹夫：怎么最近几天没有见到志刚？妹夫告诉他大夫不让进来，另外工作、上课也很忙。

父亲还是惦念我的，2003 年他心脏搭桥手术以来，我们爷俩的感情因为相处时间的增多而更加深厚。还在 301 医院手术恢复期间，他几次要我去看看腰椎。他那时浑身都是痛的，可依然时刻挂念着他的儿子。

父亲对刘强说，希望喝小米粥，吃黄瓜和西红柿。妹夫说，爸，你要想吃什么就告诉护士，护士通知后我就做，给你送来。

父亲对于食物的要求也让我们高兴，能吃东西了就说明情况在好转，说明有第 2 次手术的可能。

5 月 6 日，多日苦觅肝源也终于有了准确的消息，虽然不知供体肝的血型，但毕竟是有效信息，决定与东哥飞赴武汉等候。

临上飞机了，五叔打来电话说，阿姨进入 ICU 探视了父亲，阿姨只说我父亲的情况很好。下了飞机，收到妹夫的短信：爸说老孙你可来了，爸还说他知道你忙，不怪你。他的血糖和体温都正常，感染处多少有些渗血，精神还可以。这里所说的老孙，就是阿姨。阿姨来北京等了一周，终于排队到 ICU 见上了父亲。

早上 9 点多，我们联系的肝源被告知是 AB 血型，而父亲是 A 型血。正在极为沮丧时，接臧主任电话，要我致电沈教授说明联系肝源的情况，他说医院今天也有 A 型血肝源的信息，主任要我向教授请求在条件许可的情况下，为父亲先施行手术。

这一消息让我们顿时兴奋起来，真是天无绝人之路啊！立即联系教授，他说，我要看看你父亲的整体状况是否适合手术。他说，我正从天津赶往北京，你等我消息。

返京。飞机一落地我就打开手机，臧主任的短信进来：肝源好，已定手术。父亲有救了！

在从机场到医院的途中联系妹夫，妹夫说父亲已经推进手术室，他的状态不错，自己也做了不少签字。阿姨、五叔、东哥、妹夫、季弟，所有的亲人都在手术室门口守候，等待里面的消息。

“爱是恒久忍耐，爱是永不止息。”

季弟告诉我，沈教授也在手术的现场指导，他还出来问哪个是志刚？那个时刻，我正好不在手术室门口，错失与教授直接交流的良机。

东哥说，医生告诉他，沈教授在父亲的病床前犹豫了许久，最终还是决定手术。

23：13，接东哥短信：刚做到动脉，时间还早。

凌晨 2:00，为父亲主刀的臧主任从手术室出来。他说手术很顺利，移植的新肝已开始工作，胆汁分泌正常。今后要一关一关地过吧。

4：15，范医生等人把父亲推出来，即将进入 ICU。

从 3 月 18 日首次手术，到 5 月 7 日再次移植，整整 50 天。这 50 天，所有的亲人因父亲病情的牵引，情绪在喜与悲之中大起大落。

在最困难的时刻，我们甚至已经为父亲准备了寿衣。不到最后时刻，绝不轻言放弃。我们最终等到了二次手术，尽管仍然有很大的风险，还会出现前面的腹水、腹胀、发烧等等并发症，但是至少有了希望。

我们数次到医院，未获准探视他。

5 月 9 日、10 日、11 日，我们和父亲生活在两个世界里。

“知道他的苦痛却无法帮他，会有两个世界的感觉。”

每天的日子，都是漫长而沉闷的，五叔回山东处理一些事情。我们 4 个在医院旁边的住处，每天忐忑不安地等待上午 10 点到 11 点医生的口信。医生一句轻松的话，会令人兴奋不已，而他们一皱眉头，就把我们的心揪得紧紧的。

一种残酷的折磨。没想到这样的折磨会持续如此之久。我们精神上的这种焦虑和父亲的肉体之痛也无二致。

或许，每个黎明之前，都是黑暗的。

父亲二次手术后在 ICU 的日子，也是我人生最难熬的时日。我一度连这个日记都想放弃。记录这样残酷的片断又能解决什么问题呢?

朋友汪璐的短信：虽然有这么多的磨难在考验你，你依然不会停止你的追求……如你所说，人生无常，我们更要珍惜时间，抓住每分每秒做让自己不后悔的事情，照顾亲人，体会真情，感悟生命的意义，感恩回报，这才是徒步带给我们的正念……在反思中学习，在学习中反思，生活由此而精彩。

5 月 11 日上午 9 点,ICU 医生电告我预交的费用只有 6000 元了，但要马上用一支价格很高的药。我表示立即过去交费，并问父亲情况如何？医生说见面再说。通知东哥马上前往医院。东哥回信说款已交，主要是打一针抗免疫力的针，8000 元左右；爸的情况变化不大，昨晚低烧，还在使用呼吸机，其他无变化。

我和东哥的交流：

你直觉如何？我的感觉怎这么不好。

“打免疫的针是因为还插着呼吸机。我感觉困难很大，胆汁没有排出。但生命体征还算正常。从费用看，药量肯定用得很大。”

“我这会儿内心非常紧张。”

“愿孝心感动上苍，你已经做到极致了。”

“有没有见到臧主任？”

“今天下午有手术，我们等了很长时间，他一直没出现。”

没有坏消息也算好事，尽管没有好消息。我们等吧。

真正的痛苦，没有人能与你分担——你只能把它从一个肩，换到你的另一个肩。

5 月 12 日，川震一周年纪念日。黄丝带到处飞扬。汶川大地震，还有眼下正在急速扩散的猪流感，都在昭示：我们面对的是一个无常的世界。没有永恒，没有定数，惟有珍惜当下，把握当下，把每一天当作人生的最后一天来过。

9：30，在医院门口等刘书记和裴主任。一小时后接到，一起在武警总医院 9 楼的 ICU 门口等待医生的口信，想让他们介绍父亲的病情。由于迟迟没有等到医生出来介绍情况，刘书记他们先行离去。

11 点多，臧主任从 ICU 查房出来。主任总是那么平静，只有讲话的时候脸上才有一些笑意，一笑起来眼睛就眯成一条线。他的话总是那么概括、简练，“护士会通知你们送萝卜丝汤，要炖。只要能吃东西，病人恢复就快了。”

马上就能吃东西了！主任的这个信息给我们以莫大的欣喜。

工作上的事有些缺乏条理，让我加班到凌晨 3 点。

早上，妹夫送去的米汤一点儿也没有动，雷医生说是父亲自己不想喝。

我们向雷医生提出，病人手术都 5 天了，家属一直都见不上。雷犹豫了半天还是同意了：下午 3 点你们来一个人进去看。

我们决定让阿姨进去探望。

我，实在是不敢面对父亲。

父亲的神志是很清醒的，阿姨忍住悲伤劝慰父亲，要他保持信心，医生和家人都在尽最大的努力和他一起共渡难关。东哥、志刚、刘强都在外面，医生不准更多的人进来。父亲用点头回应阿姨单向的言语，表示他已知。父亲会不会怪他最爱的儿子，这个懦弱的孩子竟不敢面对他！

这样用手机键盘写日记，泪水已滚落面颊。

我问：爸有没有落泪？阿姨说：没有。

整整一周没有任何亲人的陪伴，坚强的父亲与死神与病魔与手术的巨大创伤作战，见了至亲的人却没有一滴泪！

5 月 14 日，经过其他渠道知悉，医生们在讨论父亲的病情。

果然，下午臧主任打给我电话，他认为前个医院做手术时做了胆肠吻合，他们在二次移植时认为不会有问题，因时间原因未详细检查一次，结果远端发生了堵塞，因此胆汁排不出来。如果要救他，必须再次手术！

臧主任说，他到ICU与父亲做了交流，主任让他用摇头或眨眼来确认。如果不同意再次手术就摇头，如果同意，就眨眼。

主任说：老爷子眨眼了。你什么意见？

听了这些情况，我的胃再度痉挛，或许是过度刺激所致。我忍住巨大的悲痛，同意了再次手术的方案，并拜托主任费心。

前几日梦到一条蛇，有不祥之感。找人解梦说，蛇有长寿之意，乃稍有安慰。不想今天得到这样沉重的消息。三个月内，虚弱的父亲三次承受巨大的身体创伤，我也到了精神崩溃的边缘。

收到海芳的短信：横下一条心把苦吃干净。若感到压抑就大声呐喊，大声哭泣，宣泄一下，给自己减压，生活还要继续。

一季煎熬何惧，惟愿父亲好转

父亲第 3 次手术后，除了腹腔感染以外，最突出的是蛋白较低。医院方面人血白蛋白比较紧缺，而为父亲使用的数量又比较大。ICU 专门致电病人家属，要求我们设法提供上海莱士公司生产的人血白蛋白。

最先致电——国家食品药品监督管理局的马主任，他答应询问一下。

致电马兄，他说一般仅供住院病人使用，如果外面购买，有特别程序，需院领导审批。他说要待领导开会结束后联络。

致电孙阿姨，她提供信息说朝阳医院京西分院有，但要找院长批。我电告滑宝霞帮忙，他老公和这家医院熟悉。答复是周一上午再商。

致电高志民，他通过各渠道寻找。

突然想到长江商学院 EMBA 的同班同学张勇，他是做医疗产品的，应有此类线索。给他短信，他立即四处联系，提供了河南、河北、上海等几个省市的信息，经与医院 ICU 确认，只有上海的产品他们才认可。但经联系 5 克包装的只给 4 支。致电赵磊找供货方取货，明晚送到北京。

由于医院方面认可上海莱士公司的人血白蛋白，遂发短信给长江商学院 EMBA 上海班班长——我的好友宗衔求助。宗衔向上海同学进行群呼。孙骏的电话首先进来，他说，周一平同学的朋友李运敏能够提供帮助，但要周一才到货，已经打过招呼，可径直联系之。孙骏还说，齐蕾同学家里有 2 支，愿意提供。无比感动于长江同学真诚无私的帮助!

赵磊联系到了齐蕾，从她手中取到人血白蛋白。赵磊还告诉我，他太太从供职的医院 ICU 也买到 2 支，一并送来。

致电沈兄，他在唐山的朋友有进口货，和医院确认可以使用后联系对方，答应提供 10 支。沈兄坚持要他确保 30 支。第二天上午送到北京。

5 月 16 日、17 日，因为要直面猪流感，武警总医院采取了严格的防护措施，这几天，家属和医院之间还发生了一些冲突。进入 ICU 探视父亲的可能性越来越小。

致电 ICU 护士站，你几乎无法得到一句有效信息。听到最多的话就是：你们找外科医生问。

父亲的主管医生也没有几句话。

医生只言片语，留给外面等待的人更多猜测，很不好受。

16 日晚，赵磊从上海飞到北京，他把带来的人血白蛋白转交给我们。给他钱，他拒绝了。

17 日上午 9 点，接 ICU 电话，要我们送 10 支人血白蛋白。因为是四处寻觅来的，牌子较多。护士一支一支检查，做了记录，让我们签字。

父亲，一个人孤零零地躺在 ICU 里，此刻他在昏睡，还是意识清醒呢？如果是清醒的，除了忍受肉体的疼痛，他还在想什么呢？

“以你的诚心和行动，父亲会好起来的。”亲人的短信，对我似是一种安慰。天不总遂人愿的，所求往往不得。

多灾多难的父亲正在承受极端的人生苦难，苦不堪言。

梁简文帝《菩提树颂序》：“悲哉六识，沉沦八苦，不有大圣，谁拯慧桥。”

“我们终将失去一切，但真正重要的东西却永不会失去。房子，工作，金钱，青春，甚至是所爱的人，都只是暂借的。任何东西都不能永远保有，至亲至爱也是一样。然而这并不可悲，反而应为短暂的人生中，能拥有如许美好的事物而心怀感谢。”

从 2 月 17 日父亲住院，到今天已经 90 天了，整整一个季度。这一季的关键词都是负面的：紧张，焦虑，抑郁，恐惧，煎熬，折磨。

五叔从山东返回，加上我和东哥，在租住的房子，再次回到当初三个人的状态，有些冷清，但显得真实。

在 ICU 门口，见到那位黑龙江的小伙子，左臂上带了黑纱，他的母亲在这里待了很长时间后，前几日已西行。父亲住进监护室后，我们几乎每天在这里遇到他。他的母亲，做了肝移植后一直不排胆汁，小伙子是个大学生，每天过来都要问护士，他母亲想吃什么，然后做好送来，主要是一些汤类的东西。他健壮，温和，讲话时神情平静，有大量的肝病和肝移植知识，他说时间久了都能通晓。我们在一起相互交流双方亲人的病情、医院医生、手术费用等，觉得他是个孝顺孩子。我们几乎见不到他的其他亲人，似乎只有他一人张罗这件大事。

我拍了一下他的肩膀，表示已知悉他母亲的去世。他的表情很平静，看不出多少悲伤，或许对他而言也是一种解脱吧。活着，的确比死了要艰难得多。旁边一个女子，似是他的女友，多次按墙上的对讲器，向护士讨要病历。

继续到多家医院，寻觅人血白蛋白，每家只能一次性批出 5 支。如老马所言：比毒品还难搞。按照目前的用量，囤积的白蛋白大约能够保证父亲 10 天。还有一些线索，长江 EMBA 的同学朱建强帮助我求取。

姚鸣来电，说从淄博给我带了一份东西，要去医院取。我在路上，电告东哥去。他的父亲姚铭斗和我父亲是病友，在经过近两个月的折腾后，身体已无法承受继续化疗，此次前来有一辆救护车随行，将姚伯伯拉回山东，让他在当地医院继续治疗。

姚鸣说，上次姚伯伯、阿姨和我父亲的合影他洗出来了，那时手术前的他们三个都是一脸笑意。仅仅两个多月之后，虽同在一个医院却无法相见，而且都是生死难料，让人惋惜。

情绪跌跌宕宕，心事起起伏伏

每天上午到 ICU 听医生的口信，在这段时间，显然成为一种生活方式，或说是习惯。

每天都是充满期待的等候，希望有奇迹出现。

我的态度十分坚决：就是死，也要死在 ICU，绝对不能在这个时刻把父亲推出监护室。

我和华武姑父说，从父亲住院到今天，我们所做的一切抉择都是为了父亲能够好起来，他所遭遇的厄运，也不是我们能左右的。我们没有错，只是父亲的命不好。有的旁观者说一些风言风语，也不会改变我的观点和做法，况且我们这么做一切是为了让父亲活下去，不是做给其他人看的。如果父亲在这一段时间内去世，虽然从客观效果上看，不给父亲做手术和 3 次做手术的结果是一样的，但我依然无悔这一切。

有一件事可以让我的灵魂完整，那就是对于父亲的深深的爱。除了心底的这份爱在支撑我的行为，我不知道还有什么。

下午到西山八大处爬山，锻炼。把身体搞得好好的，等待父亲再次站起来。

“看着没有出路，假以时日，却常峰回路转。是我审案的一点体会。我想世事都是这样。”

没看报纸，还不知武警总医院出了一件大事。北京市卫生局通报说，一个加拿大籍的华人男生，5月16日下午，坐AC031航班到了北京。5月19日10时，发热、咳嗽、乏力，在父母陪同下驾私家车到武警总医院发热门诊就诊，被判定为甲型H1N1流感确诊病例。

21日上午9点多到医院，还不知此事，但发现大门口也安装了体温测试的仪器，而且发现戴口罩的也多了起来。我们在ICU门口等候。先是雷联会医生出来，介绍了父亲当前的病情，各项指标都还稳定。他说蛋白不够了，赶紧送20支来，致电东哥速送。我们要求探视，雷说有重大情况，绝对不允许。

在回去的路上，谈起猪流感，东哥没有任何惊讶：该来的一定会来。

是日小满，《月令七十二候集解》："四月中，小满者，物致于此小得盈满。"小满，其含义是夏熟作物的籽粒开始灌浆饱满，但还未成熟。于父亲的病情而言，或许是转危为安的起始点，亦是小满吧。

5月22日，照例到武警总医院移植科ICU门口等。

由于护士不让我们再送米汤，我们问及父亲吃什么东西。这位医生说，买两盒无糖酸奶先试一下。问能否探视，她说这段时间你们想都不要想。

似乎陷入一种严重的信息不对称：ICU给的情况、臧主任他们给的信息、我们自己了解到的消息等等，都是不一致的。这对家属的判断与决策是不利的，我们无法决定下一步如何前进。

90多天以来，我们的情绪总在跌跌宕宕，心事起起伏伏，内心跟随父亲的病情也在不停地挣扎。

有时候，我会厌倦这样的日记，觉得于父亲的病并无裨益，甚至重新读它的时候，如同在伤口上撒盐。但最终我还是坚持了下来，如同对于生命，每个人最终都要面对死亡，但我们不应因为这样的结局而抗拒生。过程的意义远远大于结果的意义。也正如对父病的疗救，也非我一己之力量所能进行，这 90 多天里，至少有六七十位医生和护士参与了治疗，至少有 100 位亲人、同学、同事、朋友向我伸出了援助之手。

最终可能无法挽留父亲，但这个过程中的真情，是我最大的收获。一句安慰，一个短信，一个眼神，都让我体察到这个尘世的温暖。

父亲不孤单，我们不孤单。

不到最后一刻，绝对不会放弃。

在医院的近百天，常有近似哲学的深刻体悟，比如父亲孤身一人直面病痛，多数日子躺在 ICU，没有亲人陪伴，身无长物，甚至连衣服都不是自己的。他在清醒时应该是痛苦的，我们家属更痛苦。父亲自身的抗争，院外我们的奔走，一切的努力，只是要父亲回归生命的原初意义：活着。而那些曾经的喜怒哀乐，烦恼，痛苦，在这里统统不是问题了。在生还是死的面前，个体的生命，个体的悲欢都是那么渺小。

和五叔到 ICU 等候口信。嘴边有痣的那位女医生（不知姓名）出来。前几天一直听其他病人询问她，特别仔细，特别温和，有问必答，真的为武警总医院有这样的医生而感佩。

她答复：整体上说，你父亲是这个医院最危重的病号，大家都非常重视。目前不可能指望他在短时间内出ICU。昨晚发烧到38度，今天恢复到正常体温。胆红素还高，300多。送来的酸奶，护士用针管注入口腔，他自己吞咽下去。但喝得并不多。

马发来短信：昨天从武警总医院打听的结果，说沈中阳教授极重视，主诊组也天天看，现病情属于重症监里的最重的。

5月25日，15点臧主任复信：情况稳定有进步。

没想到的是，病情变化莫测！我们正为他好转而庆幸，17：30突然接到吴医生电话：ICU监测及时发现你父亲腹腔出血，须开腹探查，如果不手术，病人就失去血压很快会去世；如果同意做手术，赶紧到医院来签字。

我在告知单上签了字，对吴医生说：父亲就交给你们了。

臧主任一身手术装出现在门口，他对我只说了一句：好事多磨。就急匆匆进去。我说：拜托了！这位著名的外科医生从上午到下午一直在一台手术上。还没有来得及休息，父亲就被推了进来。

在不到一百天的时间内，父亲的腹腔已被打开4次，他虚弱的肉体已被手术刀切割得支离破碎，我们忍受巨大的精神伤痛，流着泪签字同意，只是为了挽留他，但一次次的手术也让我们越来越绝望，我已清楚地感知父亲离他的亲人越来越远。那些痛苦是实在的还是虚妄的，此刻的我已很麻木。有时我会懊悔，那些让他肉体受伤的决定，亦有亲朋指责我，这样多次折腾父亲实属不孝，但更多时候我一再给自己这样的确信：为了延长父亲的生命，这样做值得！我没有错！

记起前几日检察日报社张社长发来的信：放一个空字在心里，

空不是无，但也不是有，算是中观吧。

下午 6 点，7 点，8 点，9 点，10 点，11 点，零点，凌晨 1 点。我们五六个人在门外，是漫长的等待。这中间，每从手术室走出来一个护士或医生，我们都会问：情况怎样？或是他们的纪律，没有人说什么，我们听到的都是外交辞令：外科医生会和你们讲的。

凌晨 1 点，臧主任终于走了出来，我们向他道辛苦。亲友们都知道，如果不是这位著名医生的坚持和执著，父亲早就过世了。他说：肝动脉出了问题，给老爷子重新接上了，现在胆汁、血压等一切都好。他说：今天上午我去看时，老爷子胳膊活动已很自如，还自己翘二郎腿。谁料腹腔突然出血？！他说：治到这个地步了，就往前走吧。如果放弃治疗，前面一切努力都白费了。只是这次老爷子又受罪了！

凌晨 1 点 20 分，父亲被推出手术室，我们看了他几眼，他两眼紧闭，口、鼻中都插着管子。为了活下去，父亲你受苦了，我们坚信你能勇敢地活下来。

最根本的问题，重新回到生命

杰克·伦敦写过一篇著名的短篇小说，名叫《热爱生命》。

在开头，小说家引用了一首诗：

一切，总算剩下了这一点——

他们经历了生活的困苦颠连；

能做到这种地步也就是胜利，

尽管他们输掉了赌博的本钱。

他们所剩下的这一点，就是生命。

杰克·伦敦，以巨大的艺术力量表现了对生命的酷爱，帮助一个人战胜了死亡，尽管病饿交加，精疲力尽，仍然在徒手搏斗中把紧跟在后面的一只饿狼制服，并穿越冰天雪地的荒野挣扎着来到海边，终于被一艘捕鲸船救起。

那首诗，让人联想到生命和生活之间的关系：病狼和疲倦的人在荒野中为了各自的生命而挣扎，生命是他们必须面对的话题，生活——寻求宝藏，反而退居其次了。

生活是生命的过程，亦如一场寻宝游戏，这个过程诚然吸引人，但是生命却是根基，并且是生活意义的所在。

在杰克·伦敦的小说中，当淘金者将自己的鹿皮袋中装满了黄金，志得意满地开始向家进发，厄运也不可避免地降临——在小说中是狼，在真实生活中是精神危机，是病痛或其他严峻的考验。这时候，最根本的问题重新回到生命。

5月26日，是父亲第4次手术后的第1天。

五叔回到住处，忧心忡忡地说：发烧，39.1度。我说别担心，当初第1次手术的时候也是这样。

东哥电询ICU父亲有没有醒来，答复：病人用了呼吸机，眼睛没睁开，无法判断是否已清醒。最好明天上午过来听外科医生的口信。

这是一个朋友在QQ上写给我的：您看，温和的太阳透过窗户，照在父亲身上，使他那受苦受难的身体充满了暖意。这是一个晴天，一切都如这米阳光一样，会重新开始……

汪璐返回上海，给我短信询问情况，并为父亲昨天的手术而难过。我说，学佛的人或高僧大德多以疾病示寂，是在告诉我们这个尘世是无常的。我说，我每天都在默念阿弥陀佛，相信他能听得到。

父亲，你那么热爱生活，热爱生命，会好起来的，会好起来。

5月27日上午10点，依然是那张靠近南侧的病床，父亲一动不动地躺在那儿，温和的太阳照在身上，使他那受苦受难的身体充满了暖意。

儿子来看你了，我的父亲，你怎么不说话?

这一百天，你在巨大的病痛中，我也是心如刀割，我们一起走到了今天，难道你忍心扔下我们，不再陪我们了吗?

父亲，你有没有看到我的泪水，正无声地流着，父亲，你能不能帮我擦一下？你是那么心疼我，怎么不理我啊！

ICU 的大夫也为你心疼，她们也不忍心你受这么多的罪。臧主任说，还是希望你能挺过来。父亲，你那么坚强，那么乐观，那么爱我们，那么爱生活，你会挺过来的。

张社长电话给我，说端午节了，和刘书记到医院来看看。

我和五叔到武警总医院门诊楼前等待。等待期间，恰好碰到渎职侵权检察厅陈连福厅长，他们厅的副厅级检察员喻中升也在这里做了肝移植手术，恢复得很好，中央国家机关工委领导和我们的政治部张常韧主任一起过来探视。远远地看到单位两位记者也来了，他们要报道这次活动。

张总和刘书记到了，我向他们报告了父亲的近期病情。我说，父亲无法用言语表达，医生查房时，他用尽全身的气力握住医生的手，这个信号说明他求生的迫切。因此只要现代医学有办法，就要继续救治。

臧主任从天津主持硕士论文答辩回京，去看了我的父亲，从 ICU 出来，说他已经醒了，意识还是清楚的。未来两三天如果能扛得过去就有希望了。

端午节，我和五叔、东哥吃了嘉兴的粽子，是孙志安总裁送来的。大家都很沉默，也许都在想念 ICU 里的父亲。

尽管也是个传统节日，然而快乐不起来。端午节如果真的是为了纪念屈原，就不应该快乐。

若已不济事，不乐有何益

昨夜得一梦，父沉疴已解，气色白润，赤脚于海边疾走，周围放大光明，吾紧随其后，历数此中委曲，不禁眶盈热泪，问父：此非梦乎？父曰：非也。醒来，始知终是南柯一梦。

前几日，守东大哥来京，他获准进入 ICU 探视。因为是医生，他从探视中得到的信息以及作出的判断都是专业的。他认为父亲目前已出现感染性休克，整个机体因为感染而无法正常运转，肝功不好，肾衰，发烧，统统是因感染问题，就如一台机器的运转，某个零件的失常会造成整个机器故障。

这几个晚上，几乎整夜整夜难以入睡，守东大哥那些实话对我们也是很大的打击，对我们，对父亲，都太残酷了。与病魔顽强作战的父亲,以及在周围的亲友,像是那个与巨大风车作战的堂吉诃德，尽管事先已知故事的最终结局，还是要拔剑亮剑，真是太悲壮了。

6 月 2 日下午 4 点，鼓足全部的勇气，穿好防护服，再度进入 ICU，这，是父亲在武警总医院手术近一个月内，我第 4 次看他。不到 30 天的时间，父亲历经三次大的手术，只为延长生命，只为那一线若隐若现的生机。这一个月，父亲几乎没有转入正常的恢复和饮食，靠体外那些各种各样的管子维持身体的运转。

让你的身体遭受这样大的创伤，我的决断是不是错的？在 4 月初八佛诞日应用呼吸机而不能言语之后，对你的治疗是否合乎您的本意？

父亲,你的眼神那么微弱,那么迷离。你有没有听到儿子的呼唤，十分钟哭泣中的呼唤，你感觉到了吧，我——您的儿子始终在你的身边，他的心从来没有离开过你。

父亲，我看到了，你紫黑的脸颊，肿胀的手，凌乱的发，急促的呼吸，发热的躯体。父亲，这一切撕裂着你的爱子的心，再也不能复原。

这些天，手机上存满了劝慰我的短信。

无法排解自己的情绪，晚上查找佛学的有关文章，看到丹增嘉措所著《如何面对痛苦》中的一段话：痛苦除了相对存在之外，它的实质是难以成立的。因而痛苦只是一种虚假的存在。所谓虚假，就是如梦如幻的观念。

想起寂天菩萨的偈：若事尚可救，云何不欢喜？若已不济事，不乐有何益。

6月4日,阴历5月12日。早上醒来找干净的衣服换上,穿戴完毕，突然发觉居然一身青色，淡青色的徒步鞋，深青色的长裤，青色的短袖速干衣。无意中的穿着都是伤感的色彩。

9：04，东哥致电ICU本想问一下是否需要续费，护士确认还有9000元余额后说了一句：医生让你们家属赶紧过来一趟。

ICU与家属的互动，一般是在出现重要情况之时。

五叔、东哥、刘强和我，4个男人二话不说，直奔医院，迅速上到9楼的ICU。臧主任探身出来，神情沉郁，他说：老爷子的腹腔再度出血，估计是严重的感染将血管腐蚀，本来还想帮老爷子一把，看来很难了。我们都洞察了这位著名外科医生的难过，五叔事后说，他目睹这位主任亦落下泪水。

父亲最后的时刻正在到来。我大脑一片空白，并未落泪，只记得对主任说了一句话：能否让父亲走的时候少些痛苦？

刘强、东哥、五叔，次第进入，与父亲作最后的告别，我已经没有进入 ICU 的勇气。

他们都是哭泣着出来。我倚靠在ICU 过道的北侧墙边并无声响，似是在经历一个梦境。

10：15，父亲的心脏停止了跳动。

在经过 109 天的与疾病斗争之后，乐观、顽强的父亲最终没有击败严重的术后感染，在这个初夏，故于感染导致的多脏器衰竭。

在这一刻，我发现自己所曾经执著过的一切都是不重要的。

阴历 5 月 12 日，注定是一个悲伤的日子。从这一天开始，我已经成为一个父母双亡的孩子，而且，阻挡死神的屏障业已全部撤除，下一个直面死亡的，就是我。

11：00，太平间的担架车从 ICU 被推了出来，父亲沉睡于一个宽大的黄色袋子之下。隔着袋子，我用手慢慢抚过他的全身，还是温热的，顿时泪飞如雨。父亲，给予我生命的父亲，就这样永远不再理会他的儿子了！

五叔、东哥、刘强和我，在周师傅的帮助下为父亲更换前些时间买好的寿衣。他的神情很安详，没有忧愁和痛苦，抚过他的全身，只有手和脚开始变凉。周师傅为他整理容颜，梳头，留下一缕发丝给我做永久的纪念。

晚上几乎一夜无眠，尽管无法陪伴父亲身边，也算是守灵吧。

把父亲安放于定制的桃木棺椁之中，推进别克灵车，我和东哥护送他前往八宝山殡仪馆。

父亲赤条条来到人世间，又赤条条地被推出 ICU，轻轻地来了又静静地去了，连一片云彩也没有带走。在殡仪馆，我们选择了最简朴的小告别厅进行遗体告别仪式，在父亲周围的，全是父亲最亲的人，以及我最亲近的兄弟。

殡仪馆为我们举行了庄重的迎取父亲骨灰仪式，哀乐，致辞，让死者享受哀荣的程序，再次引来我们的泪水奔涌。

父亲，我们即将护送您回家。来的时候，您虽然气色不佳，但是情绪是乐观的，是鲜活着的慈父；今天，您却以这样一种冷冰、沉默的形态返回故乡。

望白云有来有去，想吾父无影无踪。任何东西也难以减轻我的哀伤。

“慈父虽西去，但你曾感受到的爱和你曾付出的爱永远都不会失去。”

14:20，我们一行 9 人启程。我怀抱骨灰盒，与手捧遗像的东哥、手持灵位的刘强同乘一辆车。

一路无话。在初夏的夜色中，我们悄悄进入县城，驶入蓝宝石花园父亲的家。

父亲，我们送你到家了。

形单影只的阿姨

或许有些感应，阿姨前几天开始频繁地打电话给五叔询问父亲的病情，买好了车票，要求到北京。当时父亲已经辞世，我们正在商量如何料理后事，于是坚决拒绝了她的来京，并编造了一些病情应付她。

2009 年 6 月 5 日晚上 8 点，护送父亲的车，沿济青高速向东行驶掠过淄博，阿姨打电话给妹夫刘强，说已到北京，在我们住处的楼下，问我们在哪里？

大家一时惊呆。

迅速统一口径，让刘强告诉阿姨，所有人员已撤离北京，护送父亲返回山东。妹夫让我接听她的电话，我故作镇静说，经过慎重考虑，决定把父亲送回老家。她显然没有料到父亲的去世，问有没有医生跟随，臧主任是否还继续为他治疗？

阿姨在医院工作多年，居然没有预料到这个结局，足见她的心地是多么简单、善良！她问我们如何安排？我们说回去就住进县人民医院。我计划安排同事找她安排吃住，她说即刻买票返回。过了一会儿通话，说买不到当天的回程车票，买到 6 月 6 日早上 6：45 的动车车票。我在电话中千叮万嘱，要阿姨在附近找家酒店住下来，不要在车站熬夜。得到她的确认后才放下心来。

从 2004 年春节前与父亲结婚，阿姨与父亲共同经历了 5 年的感情生活。这 5 年，相互之间的感情还是深厚的。父亲倔强，很多事情都强势些，阿姨包容，能对他百依百顺，言听计从，不干预父亲的任何决断，使得他的自由意志得到充分体现。

父亲住院期间，阿姨几次请假来京陪护，因为阿姨是护士，她对父亲的护理就显得更加专业。第一次，阿姨在北京整整呆了20天。第3次到北京时，父亲的情况已不太好，他显然非常想念阿姨，见到她时，父亲有些情不自禁：老孙，你可来了！

天总不遂人愿。仅仅5年光景，阿姨再度面临与自己的爱人永别。20多年前，她的前夫因为癌症突然辞世，女儿才几岁。她守寡近20年，独自一人把女儿带大，直到在47岁时遇到我的父亲。

阿姨善解人意，宽厚善良，言语不多，但心是细致的。每次我从北京回来，她都是张罗着买菜做饭，对我也十分关心。

好人总是多遭磨难。我对妹夫刘强说，阿姨是好人，我们不能因为父亲走了就冷落阿姨，要一如既往甚至要比以前更好地对待她，这样也才能宽慰父亲的在天之灵。

这次把父亲护送回来，还有一项议程就是，把母亲和父亲合葬于县里的陵园。想到这里，更觉得阿姨可怜。

关于父亲的几个章节

一

好几个月没有见到父亲了，这中间也因为某些误会。父亲做了一件让我不很愉快的事，超出了我可以理解的范围，妹妹志霞也不是很高兴。几个哥们知道其中内情，对我做了一些说服性的工作。想想也是，就剩下这样一个“国宝”了，随他吧，反正也不会做出什么出格的事，只要遂他的心愿就好。

母亲去世后，父亲的生日我也能记住了，是农历 10 月 17 日，但是这几年并没有专门给他过生日，只是生日那天通个电话，问问什么人来了，在哪里过的，吃的什么之类。

二

11 月 12 日要到无锡开一个研讨会，怕在空中旅行无聊，临走前下载了一个法国大片——吕克 · 贝松的《飓风营救》。

飞机进入平飞状态后打开电脑看这部电影，心被揪得很紧很紧。

影片讲述的是已退役的国家特工布赖恩，在刚满17岁的女儿琪慕执意去法国度假又遭绑架后，利用他的超常智慧与技能营救女儿的故事。

影片最打动我的是，当琪慕到达法国在给布赖恩打电话时，目击四个绑匪劫走她的同伴阿曼达，不禁惊恐万状。电话另一端，极端冷静的爸爸却对他最疼爱的女儿说：你也会被他们抓起来。并非我们惯常听到的：孩子，你很快会没事的。

当灾难已经降临，已经无法抗拒，冷静的爸爸却教女儿如何操作手机电话，如何记住绑匪的特征。去掉空洞的安慰，多谋善断，最终在96小时之内使爱女绝处逢生。我真是喜欢这样的智慧。

强烈推荐大家看看这部大片。尤其是那些和父亲的关系需要修补的女生，看了这部电影后会深深理解一位父亲的爱。

三

我没有告诉父亲我将回家为他祝贺59岁生日。

11月13日开了一天的会，我告诉同来的领导和同事以及会务人员，我将于14日早自上海飞青岛，赶回潍坊。和表哥通话，要他接机。表哥说，你爸现在挺神的啦，前几日在观世音的佛龛前燃香，看了香谱后说这两天你会回来的。我说纯属猜测。

表哥把消息旋即转告了父亲，父亲在我落地后来电说等我回家再吃饭。中午12点，出了机场上济青高速，到了饭店就快两点了，10多位为他祝贺寿辰的亲朋好友都在等候，让我很不落忍。大家推杯换盏，气氛颇为热烈，父亲喝了两杯红酒，吃了蛋糕。

四

长期以来我和父亲似乎缺乏互动，母亲走后，我对他更为关注，但还是缺乏交流。有时观点不一致时，两个人都憋着，缺乏中间渠道以使信息达到对称。

但，父亲是深爱我的，也为我自豪。我身体上的问题，他经常挂在心上，在电话中给我一些建议。我的脚气，我旺盛的虚火，他都亲自为我治疗，我回家时他还经常为我拔火罐，按摩穴位和关节驱除疲劳。

母亲去世前多年，也是父亲在服侍她，无论是中医还是西医的办法，父亲是尽了力的。

我知道父亲没有办法成为《飓风营救》中的布赖恩，他也没有那么多的睿智言语、智慧与技能，我们父子独处时他几乎没有话语，但他用身体语言告诉我，他关注我，疼爱我。

2008.11.16

岁末絮语：想起父亲

这一年，似乎异常沉默。博客也几乎没有更新，好多朋友询问缘由，我只是说倦了。实际上不是。

这一年最大的事件是父亲的病逝。2 月 16 日他到京，步履快得我都有些追不上，6 月 4 日就走了，110 多天炼狱般的煎熬，于他，于我，都是。我动用了一切人脉资源，花光了所有钱财，但终是无法挽留他。八宝山火化，没有几个亲人送行，送他回山东，曾经那么鲜活的他，成了一抔骨灰。

心被一刀一刀割碎了。

从没有写日记的习惯，为了记录疗救父亲的过程，开始学着写日记，10 万字的流水账，勾勒了整个轮廓，对我们家族来说，亦是一个交待。再也不敢翻看，一看就泪落如雨。

母亲去世，我写了一些短文，那时的心只是疼痛。现在写父亲，除了疼痛，还感到无助。于这个世界，于人于事，真的是无法把握。

把所有的力量释放到工作上，怕自己有空隙。一有空隙，就想他，想他，泪流满面。很多的场合，无法自控。8 月在云南昆明上课，同学徐梦寒只知道我父亲病了，还不知他已走，在翠湖的大厅拍我的肩膀问：你爸的病好了没有？我扭头望她，还未张口回应，眼泪就落了下来。

我对父亲其实还不是很了解，他心细如发，以前认为他是个粗枝大叶的人，其实不是。他去后我和很多亲人交流才了解他。

他的善良，与人为善，也是极为动人的。我于暗夜环抱他的骨灰悄然上楼，被邻居听到。那邻居一下子扑倒在父亲的骨灰盒前面，痛哭失声。父亲总能和周围的人相处得很好，非因信佛，性格使然。楼上楼下左邻右舍，如亲人般。

记得父亲临终的训诫，他都很难发出声音了，还嘱咐我好好工作。为了尽量不去想他，我疯狂工作，疯狂徒步，但走路太多，脚受不了我庞大的体重，在今年 11 月 25 日 32 公里徒步选拔赛的第 2 公里处，突发急性腱鞘炎。

母亲走后，每年的生日父亲都要和我通话，他也吃长寿面为自己的爱子庆生。今年的生日，耳畔再也没有响起父亲温和的话语。

2009.12.26

关于父亲的回忆：永是高大与完美

父亲何以成就这一段尘世的缘分，作为凡夫俗子的我是看不到的，佛经上讲自家眷属的因缘，多说是宿命所感。前世有恩或有怨，基于一种愿力而今生聚会。

办公桌下压着我和父母的第一张照片，是1973年春拍的。父亲戴着一顶有帽檐的圆边帽子怀抱着我，脸庞清秀，双目有神，母亲神情平和地直视前方，而两岁的我则瞪大了好奇的眼睛，直直地看着。那时妹妹还没有出生，未来的生活对一家三口来说，是充满希望的。

那年父亲才23岁，在我们县煤矿当一名工人。20世纪70年代，山东半岛内陆的农村还很窘迫，一个村子里有人在外面当工人就能被人高看一眼，这也和当时的意识形态有关，工人阶级是先锋队。今天的工人已经没有旧时的礼遇了。

从懂事开始，我就知道父亲每个月只能回家两到三天。他是井下一线工人，做最重的体力活——挖煤。他中年以后椎间盘突出等毛病和这种沉重的劳动有很大关系。

父亲往返都是骑自行车，从五图镇到我们村约90华里，他要用两个半小时到三个小时才能完成这段路途。每次回家，他总是用一个黑色皮包装满馒头。馒头带有一股很香的苏打味道，这是我小时候最喜欢的美味。

孩提时代，父亲每个月的回家都是节日，炒菜的灶台会再度飘起油烟的香味，缺油少盐的70年代，能吃上炒菜就是美好的生活。在父亲到煤矿上班的其他日子,家中炒菜的灶台都是冷冰冰的,粗粮、咸菜就是母亲和我、妹妹的日常饭菜，而家里的农活和其他体力活都由伟大的母亲承担。

少时的我，为有当工人的父亲而深深自豪，在同学们的眼神中，在乡亲们的话语里。父亲在我的心中，如此高大、完美，无所不能。

2009.12.21

关于父亲的回忆：慧根深厚，多有巧技

慧根深厚，多有巧技，是我对父亲的一个侧面的概括。

何以这么说？父亲兄弟姐妹多，小时候几乎没有正经八百读过书，他自己和我讲最多上到小学二年级。19 岁到煤矿当工人后，也没有历练文字的机会，但他利用业余时间读书写字，完成了脱盲任务。尽管如此，他离正常的书面表达还有很大距离。

后来，文字尤其是书面表达对父亲来讲不再是障碍，和我有一定关系。父亲 40 岁，也就是 1990 年我上大学以后，每月和父亲母亲都有两到三封信，连续 4 年不辍断，提高了他的文字水准。父亲逐字逐句把我的信读给母亲听，还要给我回信，遇到不会写的字就查字典。如此一来，提升了自己的书面表达能力。父亲中年以后也养成随时记事的习惯，在小本本上记录日常生活中的琐事：家庭收入支出、人情往来、出游札记、柴米油盐等等。近些年，我陪他到各地旅游，我看他都记载航行的公里数、所到何地、风景名胜、我的同学好友等，极为细致。

父亲的命中一定有天医星。记得少年时，我寒暑假到煤矿去，父亲在集体宿舍的床上总有一本厚厚的医学书，估计足有 500 页。父亲研究那本书足有十多年，他对医学的各个领域多有涉猎，指导着对母亲各种病症的治疗。晚年他又研究中医药、推拿按摩，我喝醉酒，他用葛根煮水给我服用，我四肢疲乏，他给我按摩穴位，都极为有效。

父亲精于手工，最难忘的是编制笊篱。他用井下作业爆破后雷管上的导线手工编制笊篱近 20 年，以每年 20 个的产量，也足有四五百个之多，都赠送给了亲朋好友。

父亲精于烹调技艺。80 年代中期，我们还在农村的时候，春节前，父亲带来不少葡萄糖瓶子，里面装满了搅碎的西红柿。原来是他自己制作的西红柿酱，那个时候还没有反季的蔬菜可吃，用这种真空方法保存的西红柿在过年时可做鸡蛋汤，味道纯正。我十几岁时暑假到煤矿，父亲开始教我包饺子，和面、擀面皮、调馅、包饺子，一系列流程都在他亲手示范下学会。今天我包饺子的手艺依然是出自他的真传。至于煎炒烹炸各种菜肴的制作，父亲更是样样精通，堪称家里的大厨。

2010.1.7

天下父母

是夜，一气读罢，不禁泪流满面。灯光下，干脆不作擦拭，任它打湿了枕套，干脆也任思想信马由缰，于是童年开始一幕幕被记起……

尹洪东：母亲，最贴身的信仰

去年麦黄时节，我在出差的旅途中，忽然接到志刚的电话，他十分焦虑地告诉我，他梦见了母亲，母亲在梦中仿佛很痛苦，很无助。他于是无限担心，不知母亲遇到了什么事，期望儿子做些什么，而儿子又应当为母亲做什么？

那时，志刚的母亲已经走了两年多了。幽明殊界，阴阳两隔，但志刚就是这样，仍然为另一个世界里母亲的境况魂牵梦萦。

作为人之子，我常常为志刚的至纯仁孝、母子深情所感动；而今这样一个春天的深夜，读着志刚纪念母亲的一页页书稿，我更是心潮跌宕，难以自抑。

忘了是哪位作家说过，最应该记得的最容易忘记，谁记得母乳的甜蜜滋味？的确，最初的爱、最不该忘记的爱恰恰是最容易忘记的。爱的遗忘，是生命的水土流失。但志刚却不一样，他站在母爱江河的上源，撒下深沉的记忆之网，打捞起人生最珍贵但又最容易忘记的部分。

细节复活逝者。志刚在丝丝缕缕的回忆中，把一个慈母的真实的影像呈现在我们眼前：烈日炎炎，母亲在田地里劳作，汗水打湿脚下的土地；寒风凛冽，母亲一块块地拣拾煤核，为了全家冬季的取暖；爱子多病，儿之痛连着母之痛，母亲求医问药，在暗夜里独自垂泪；送儿子第一次出门远行，列车启动的一刹那，母亲疯狂地跟着列车跑了起来；从信里得知儿子生病，母亲连夜赶往千里之外的上海，在列车上站了一路；儿子醉酒，母亲一口一口地喂汤；母亲为思念远方工作的儿子所苦，便一双双地为儿子纳鞋垫，一双双变成一箱箱，超过等身之高，慈母手中线架起念子的虹桥，化作鞋垫上的花鸟……

对母亲的回忆，其实就是对人生源头的追溯，就是对整个童年的怀想。同千百万经由高考而进入城市的农村子弟一样，志刚拥有的是一个乡村母亲，一个曾经物质和文化双重贫困的母亲。她为了儿女的衣食生计而劬劳，节俭和克己不单是生存的手段，也是生存的依据。没有受过一天正规教育的母亲，只能通过儿子实现文化和精神上的翻身。如果没有儿子，我们这一片广袤的国土，她也许只知道家乡村镇的地名，是儿子学习和工作的上海、北京，使她与现代中国的城市取得联系。我们为有这样一个乡村母亲而骄傲。尽管童年是如此的一贫如洗，但因为有了一个好母亲，一个怀着坚韧人生信念的母亲，童年就被赋予了幸福的底蕴，我们的人生便不再苍白。虽然人生多艰，但母亲鞠我育我长大的过程，她的人格化的一言一行，已教会我们如何生活，如何过真正有意义的生活。

人生是悖论的丛林。没有一个母亲不希望儿子有出息，但有出息的儿子注定要离开她；每一个孝子，只有厮守在母亲身边，才能恪尽孝道，但假若儿子终朝承欢膝下，又何能对社会作出自己的贡献？母亲生养了儿子，首先是为了自己，但更是为了社会，伟大的母亲，不在于自己的伟业，而在于她为社会贡献了优秀的儿子。母亲的伟大在此，孝子永远的伤痛也在兹。季羡林先生耄耋之年，回首一生，把离开母亲视为一生永久的悔，后悔千不该万不该离开了母亲。世界上无论什么名誉，什么地位，什么幸福，什么尊荣，都比不上待在母亲身边。这是尘世根本的无奈之一种。我们不能出离无奈，因为生命在，我们还无法出离尘世。

我们只有一个生身的母亲，志刚不能释怀的痛，是母亲离去得太早，只活了56岁。但相对于几千几万劫的宇宙而言，微尘一般的生命和短促如流星的生命，都不是常在。母亲再长寿，也不能和我们永伴人生，总是要离我们先去。尽孝全看母亲在世时。我知道，志刚是尽了孝心的，是做得够好的。爱是基本的人间情怀，母爱是从自私的占有起始，以忘我为特征，但爱的最后，必然是化私爱为大爱。母亲的遽然早去，或许是为了让自己的私爱更少一些牵绊儿子罢？

缓解一个孝子挥之不去的失母之痛，是一道难题。毛泽东主席曾经问过大德赵朴初居士：金刚经中有典型的经文句式，佛说平常，即是非平常，是名平常。这是不是与肯定、否定、再肯定，即否定之否定的辩证法定律是相通的？赵朴初的回答：是。不然，佛教的精义，应该是更高的层次，它是同时肯定，同时否定。比如爱，意味着同时拥有，又意味着同时舍弃。同样，也是同时舍弃又同时拥有。慧根如志刚，我想对此会有所领悟的。

人生为一件大事而来。母爱无涯，人生有限。作为人之子，作为孝子，志刚对母亲的思念是绵绵无尽期的，但作为朋友，我却希望，他通过这一次归结的纪念，能够从失母之悲中解脱出来。因为，我们每个人都负有现实的使命。他才过而立之年，正有许多重要的事情等着他去做。志刚的母亲是一位智慧的母亲，晚年皈依佛教。我由是而想，对母亲的爱的思念是无论如何也斩不断的。那么，就把母亲作为一种信仰吧。唯有信仰是坚实的安妥，唯有信仰联通三界。志刚的母亲天上有知，想也会赞同我这个建议的。

至情至性之人，方能写出至情至性之文。志刚怀母的文章，有许多经典的镜头，让人难忘：母亲生前，想念儿子的时候就纳鞋垫，为儿子做了一生都穿不尽的鞋垫；母亲和父亲相亲时，母亲竟爬上了婆娑大树，隐身在浓密的树冠中，俯视父亲焦急地寻觅。这其中是大有不可思议之象征的。母亲那一双双的鞋垫，是期冀儿子的根柢温暖而踏实，好让儿子的人生之路少一些前进的坎坷，是一种长伴长在的默默的佑助；母亲爬上了树，不只是农村姑娘的一种率意的调皮，从精神分析的角度，那是一种攀援的上升和俯瞰，是超越大地的源自内心的渴望。我切盼志刚能够懂得这象征的深意。如果他真的懂了，一种由母爱画出的生命谱系，必将会生发出无比壮丽的前景。

张宗子语云：人无癖不可与交，以其无真情也；人无疵不可与交，以其无真气也。这确是至理，但我却认为，人不孝绝不可与交，因孝为人伦之本。无法想象，一个对自己的父母都不孝的人，会成为忠信兼具的朋友。我之敬志刚者，以其纯孝大孝也。其母生前，志刚已尽孝矣，其母亡故以后，追思缅怀无日无之。他知道母亲走后，最放不下的是父亲，事父更为勤谨。每年的每个黄金周、大节日，他唯恐父亲孤单，即使再忙再累，也要带上父亲出外旅游，2007 年的春节，他和父亲就是在普陀山度过的。志刚的一片孝心天地可鉴，因为它不是仅仅写在纸上，而是融化在日常生活的践行中。

当今之世，国未富而民先老。不分城乡，不分通都大邑与穷乡僻野，多少已老未老的父母，沦入精神空巢的危机。不错，覆盖城乡的社会保障体系正在建立健全之中，但对老人的赡养和尽孝，却不是可以通过养老的社会化能解决的。只有儿女的孝心与孝行，才是切实的路途。而且，只有孝心圆满的人，才配享有圆满的人生。问一问世间男女，孝心有亏，您能心安幸福吗?

读志刚的怀母文，真的不是一种享受，它让我们感受母爱的庄严，给我们带来心灵的震颤与痛苦，专门击中我们这些貌似强大的男人最脆弱的部位。有些篇章，有些细节，我不忍卒读，往往阅读变成哽咽的连续。我认为自己还算一个孝子，但有了志刚作比照，我就知道了自己做得太不够。无论你活到多大，母亲健在，你就还是一个有庇护的孩子，风雨也罢，死亡也罢，离你都很远很远，你都可以恝置不顾，这就是有母亲的幸福。这本书，是一个没娘孩子的亲情呼喊，听一听，我们就更懂得去珍惜，懂得去行动。推荐普天之下的男人读读这本书，它不出自大家，却出自真情。一本书，能使顽夫廉，懦夫有立志，便是圣人之书；使孝子慰，孝子勉，不孝者归孝道，更有圣人之意存焉。

我们可以有一万个理由，推卸一万个社会责任。但没有一个理由，让我们抱愧唯一的母亲。

（作者供职于新华社参编部）

王学堂：唱支赞歌给娘听

早就从冷眼观潮（赵志刚网名）的博客中知道为其母娄为良 60 冥诞而作的回忆录付梓印刷了。

一直期待能先读为快。但因种种原因，一直没有机会。

金秋时节，有幸回老家山东一行，不但收获了许多友谊，还在山东临朐检察院王乐成副检察长处偶然发现了此书。当即不顾礼节强行索取一本。

是夜，一气读罢，不禁泪流满面。灯光下，干脆不作擦拭，任它打湿了枕套。干脆也任思想信马由缰，于是童年开始一幕幕被记起。作为职场打拼之人，已经好久没有如此让泪水恣意也好久没有放纵自己的感情了。

朦胧中，我看到“烈日炎炎，母亲在田地劳作，汗水打湿脚下的土地；寒风凛冽，母亲一块块拣拾煤核，聊补寒素生活所需；爱子多病，儿之痛连着母之痛，母亲求医问药，在黑暗中独自垂泪；送儿子第一次出门远行，列车启动的一刹那，母亲疯狂地跟着列车跑了起来；从信中得知儿子生病，母亲连夜赶往千里之外的上海，在列车上站了一路；儿子醉酒，母亲一口一口地喂汤；母亲为思念远方工作的儿子所苦，便一双双地为儿子纳鞋垫，一双双变成一箱箱。”（引自新华社资深记者尹洪东为该书所作序《母亲：最贴身的信仰》）

这是志刚的母亲，也是我的母亲，更是千千万万个中国农村母亲一生的缩影。

我和志刚接触不多，较真起来，就不是不多的问题，应该是没有，如果前提是网络和电话排除在外的话。

我最先是通过冷眼观潮上的文字，知道了一个孝子，百行孝为先，他能在繁忙的工作中静下心来写下一篇篇追念母亲的文字，让人感到此人可交、可敬。在钦佩心理下，细读志刚的文字，发现了许多共同之处，志刚和我都是 70 年代初期生人（志刚长我 3 个月），都出生在昌潍平原上的农家（志刚家庭应该是当时的“一工一农”，我们家是全农），90 年代初同时考入政法学院（一华东一西北），这些共同的地缘和经历，使我们思想更为接近。而有一点不能不提，我母亲已经离别人世 16 年有余矣。这逝母之痛或许让我更能感同身受，体会到一个没娘孩子的那种彷徨和无助。

尽管也是以文字为生，甚至于有时为自己的文字自负，但在当年把怀念母亲的三万多文字在娘的坟头一炬毁之之后，我没有再写出关于母亲的任何文字。

有时，一旦提及我的“母亲”，则泪水就不自觉地从眼眶中往外涌，不论是在人前还是背后，让谈话气氛全无。后来，我试着宽慰自己，母亲如果在天有灵，肯定也不会希望她的儿女们会因她的过早离去而心生凉意，更不愿意看到她的一双儿女因此感觉人生茫茫，无所作为。于是，我很长时间“忘记”了母亲。因为母亲这个词成为我内心永远的痛。每思至此,我常常聊以自慰,“提起母亲太沉重”。我们老家有句俗话，叫“在家靠娘，出门靠墙”。说的母亲就是一种依靠，没有了娘亲，儿女何以为恃?

“读志刚的怀母文，真的不是一种享受，它让我们感受母爱的庄严，给我们带来心灵的震颤与痛苦，专门击中我们这些貌似强大的男人最脆弱的部位。”(尹洪东为该书所作序)

但我想，宁愿痛苦，我仍坚持一而再、再而三地反复读。因为这种文字如同锉刀，在我们那颗被城市的钢筋水泥所挡避的日益麻木的心肉上慢慢地锯，那一阵阵疼痛让我们清醒，促我们前行。

借用当年自己在冷眼观潮博客上的一句留言来结束吧：“看到你的文章，有一种莫名的感动，可能与人为善是天下妈妈的通性吧。”

天下的妈妈，都是一样的。

(作者供职于广东佛山市禅城区司法局)

李绍章：母亲！母亲！

两年前，毕业于华东政法学院的师兄志刚先生，送我一本书，名叫《我的母亲》，作者就是他本人。

早就知道志刚兄要为母亲写书。他在博客上发表的回忆母亲的系列文章，我也一直同步阅读，有些还读过不止一两遍。然而，突然有一天，收到从北京邮寄来的这份特殊礼物时，惊喜、兴奋和感动还是一起偷袭了我。赶紧把书捧在手里，一口气读完，全神贯注。

说来很惭愧，尽管志刚先生亲笔签名赠我大作，我也不时以“志刚兄”亲密称呼，但我俩却少有私交，甚至连起码的联系方式都没有，只知道他有一个网名叫“冷眼观潮”。

明天就是母亲节，今天我再次赏读这本《我的母亲》，依旧是涕无止、泪满面。“这本书，是一个没娘孩子的亲情呼喊，听一听，我们就更懂得去珍惜，懂得去行动。”（尹洪东语）我再也抑制不住写作的欲望，打开了电脑。可是，抚摸着键盘，却又不知要说些什么。

《我的母亲》并非一本传记，志刚兄在前言中就坦言，“为母亲写传，根本是个空想”，“零星而主观的追忆的确无法还原慈母的历史”，以至于他不得不感叹：“母子一场，缘分何其深！而我对母亲的追忆，仅多聚集于这 15 年的断代史，真是可叹！”即便如此，志刚兄还是承认“大爱无疆”，并恳切地说：“我已领悟到慈母为我留下的精神遗产，把自己融进人群，努力为自己、为他人好好活着，好好做人，好好做事。”

在几篇作品里，志刚兄一直为不能还原慈母历史感到惭愧，对母亲的历史“非常不了解”，“很难描摩其中伟大的细节”。可是，即使能够彻底还原母亲的历史，泼墨一生，写下亿万长篇，“也不能及于她对我的爱之万一”。确实如此，对母爱的报答是无法用文字来完成的，因为对母爱的报答，根本就是不可能。

志刚母亲名叫娄为良，生于山东“一个很破败的乡村”，只有姊妹没有兄弟。自幼丧父失母，三个姐姐都已嫁人，只好与尚未出嫁的四姐相依为命，艰难过活。这位“相亲那天爬上了树”的母亲，56 年的风雨旅途，谱写出了勤劳节俭、坚强乐观、聪慧善良、宽宏质朴、慈爱孝敬的伟大一生。

母亲是勤劳的。志刚父亲因招工在外地上班，田间劳作和家务琐事全落在了母亲身上。我也来自山东农村，对乡下农活非常了解，青壮男子挑的重活，由一个柔弱女子去担当，其累其苦其难，可想而知！尤其是志刚兄读大学期间，是家里最困难的时光。“四年的大学其实是体验亲情的人生之旅。”父亲每月不到 200 块钱，母亲在单位扫地，也只能拿到可怜的 50 块，母亲在煤矿附近的路上捡煤，靠日积月累换一些可怜的零用钱补贴家用。“日子苦啊，你在那个大院为人扫地，以自己的卑贱为儿子赢得清高。”每年进了腊月，山东的乡下，到处充满了浓浓的年味。过新年，孩子可以穿新衣、吃好菜，所以，一进入腊月，“孩子的脸上开始充满了笑意”。“为什么那么盼望过年？因为穷。”可是，父母们却忙碌着办年。“每年的腊月，她都是最忙的，忙着洒扫，忙着规划着过年的一切形式和内容的东西，还要敬天地鬼神，敬佛菩萨。”母亲过度操劳，导致身体虚弱并患病，肠炎持续了20年，神经衰弱也持续了多年，1999年北京检查时发现了严重的心梗。

母亲是节俭的。母亲身体不好，但她有了病从来不看，为的是省出钱来供给儿女上学。虽然说新年里，孩子可以穿新衣，但“只是一件半旧的新衣，还是母亲用她的衣服改造出来的，穿在身上，是那么高兴”。母亲第3次去北京时，儿子带父母去饭店，母亲总是责备点菜太贵，“一直絮絮叨叨地批评我浪费”，“忆起这些场景，遥想母子一场几十年的缘分，此刻，我又忍不住落泪，泪水大颗大颗地滴在脚下的地毯上，并没有什么声音”。

母亲是坚强的。70年代初的山东农村如此颓唐，志刚兄出生7个月后，母亲便没有了奶水，“只好嚼一些粗粮喂我”。“不管以后是逃荒还是要饭”，一定要活下去，把儿子拉扯大。这就是在困难时期，一个母亲的坚强。“坚强的母亲从不认输。”“少年的生活是苦涩的，因为贫穷。”但再贫穷的生活，再苦涩的少年，有了坚强的母爱，一切也便成为奔波的动力。

母亲是乐观的。一幅幅照片，足以看出母亲的乐观。无论是在北京平安大街，还是在上海华政校园里；无论是夫妻合影、家庭全照，还是怀抱孙女、独自留影，母亲总是那么慈祥、开朗。“无论生活多么贫苦，坚强的母亲总是很乐观。”

母亲是聪慧的。志刚兄眼里的母亲，不仅能够复述吕剧，背诵乡土佛门经文，而且教子有方。“母亲的规矩很多，家教非常严格”，几乎没读几天书的母亲，尽管不能辅导功课，却向子女传授一些传统的伦理，如“与人为善”、“知恩图报”等。常常用一些简练易懂的俗语，如“吃亏长见识、装孙不赊本”、“浇花浇根，交人交心”、“饥时给一口，强似饱时给一斗”等。“这些俗语、警句后来融入我们兄妹不断成长的身心里，并化为一种生存智慧。”“直到今天我们都在信受奉行，以致受益无穷。”“几乎是文盲的她，怎么会有那么多善巧方便的育儿育女格言？！”母亲虽然没有学过《弟子规》，但她对我们的言谈举止所要求的，在志刚兄长大后读《弟子规》时，却分明看到里面都是母亲教育他和妹妹的内容。

母亲是善良的。“善根出善苗”是母亲说的最多的一句俗话。母亲尽管和二姨关系微妙，但“母亲每次看望二姨都会大哭一场，然后骂一通我的几个表哥们就气鼓鼓地打道回府，回家后几天情绪不好”。原因就是，二姨的几个儿子不太孝顺。“母亲去世后，二姨前来吊唁，我知她日子很艰苦，就悄悄塞给她 200 元钱，可叹的是，70 岁的二姨，全身上下居然没有一个装东西的口袋。从早晨到深夜，我只看到二姨长满老茧的黑黑的手，始终紧紧攥住这钱。”此情此景，正应验了志刚兄的感叹：“草民，从来就只能实践生命原初的意义。”二姨家住“安丘县最穷的山村之一”的最西北角，孤零零的房子，志刚兄每次回家看二姨，“一进屋，见到那可怜的二姨和破落的屋舍，我放声大哭”。这些都是母亲的善良教育的结果。当年，因家境贫寒，上大学时家里甚至几百块钱都拿不出，需要借钱但有些亲戚却不肯帮这个忙，但事到今天，“不借钱给我们的亲戚朋友来求我办事，我能办的全办了”。显然，这得益于母亲“以德报怨”的教诲。“我今天的一切，包括赢得的尊重，其实是母亲忍辱换来的。”

母亲是宽宏的。志刚兄清晰地记录了母亲挨打的一场经历。小时候，“为了满足自己的口腹之欲，就让母亲遭受一场身体伤害之劫”。事情是这样的，志刚父亲在几十公里外的煤矿当工人，每月只能回家一次，每次也就一两天，父亲带回的最好的礼物是用积攒下来的粮票到职工食堂买的一些馒头，一般是买四个细面的，其他都是粗粮做的，带回来后对半分，爷爷奶奶家一半，自己家一半。“童年的日子真是苦啊，没有什么食物。”“我极少接触饼干、油条等美味，日常的食物都是地瓜干、玉米之类的粗粮，见不到什么油水。”志刚把两个细面馒头吃完后还想吃，母亲说“没了，那些你爸都给你爷爷奶奶了”，但少不更事的志刚却去奶奶家要，奶奶以为是母亲指使（事实上母亲并无此意），“迈着小脚就找到了她二儿子的媳妇、我的母亲”。婆婆误会指责，儿媳无辜顶嘴，婆媳之间吵起来了，四叔恰好路过现场，“这个大胆的二嫂居然敢气我老娘，就不由分说冲上前去一顿老拳”，打得母亲“右眼青紫，肿得老高”，刚五六岁的志刚趴在母亲怀里痛哭，“娘，你的眼睛还能好吗？”娘并未说话，“泪水无声而落”。后来，四叔酒后哭着向母亲道歉，母亲很宽怀地说这事过去了，“她在心里早就原谅这个对她动手的小叔子了”。

母亲是质朴的。志刚考上了大学，到上海读书，母亲却“不能探知这庞大的火车会把她的儿子拉到哪里，她甚至疑惑火车为什么一直向西，而儿子是要到东南方向的上海读书的”。这是多么质朴的母亲啊！想想我自己的娘，她可能连上海在哪个方向都不清楚。每到过年，家里办年货，“我小的时候，家里往往是杀一只鸡，放几棵大白菜在锅里炖，熟了后一掀锅，满屋子香气扑鼻。但是，我们也只有眼馋的份儿，因为鸡肉要等年后亲戚来访时招待用的，小孩子们吃几片没有油水的大白菜就算是美味佳肴了。”对此，我深有体会。新年过后，亲戚总是互相往来，杀一只鸡，用来招待客人，这是非常尊贵的待遇。过年时把鸡杀好，家人却舍不得吃，小心翼翼地留下来，等过年后来亲戚客人时作招待之用。显然，这是因为穷而形成的一种风俗。

母亲是慈爱的。小时候在山东，每年的志刚生日当天，母亲便煮一锅面，表示长寿之意，对子女的慈爱之心，洋溢于生活的每一个细节。到县一中上学是志刚兄第一次出远门，住读学校，一周才回家一次，第一个星期回家，在玉米地的北头喊“娘”，“母亲听见了，冲出田间，把镰刀往旁边一扔，抱住我就呜呜哭起来”。别离一周，恍如隔世。志刚兄少时体弱多病，营养不良导致肝肿大，消化不良，5 岁又患上哮喘（俗称“痨病”），长达 10 年。母亲走遍十里八乡,到处打听治疗偏方。“无数个漆黑的夜晚,我因不能喘息而哭泣，母亲亦落泪如雨。”上了大学，给父亲写信说肝区疼痛，母亲非常担心，就和父亲商议登上了去上海的火车，因是“无座票”，“双亲站着、蹲着，很没有尊严地累了一路”。所以，志刚总是说“我的病，娘之痛”。高中时代，能吃上白面馒头，多病的身体转好，但免疫力下降常常感冒发烧，周末回家，母亲煮一锅排骨汤，“母亲总是疼爱地看着我美美地吃完，才默默吃一些残汤”。“灶台上有烟火的时候，基本上是父亲每月一次从煤矿休假回家的两天。饭桌上碗里偶有几片肉丝，也往往是几双筷子在碗里相互推来挡去。最终母亲是不吃的，受益者都是我和妹妹。”工作后，志刚分房子装修，母亲知其很忙，就鼓动父亲一起来购买装修材料、生活用具；孙女生病，母亲也从山东跑来照顾孩子。给我印象最深的是，母亲白天下地干活，晚上在昏暗的煤油灯下还要为儿女做针线，“朦胧的灯影里，在我和妹妹轻轻的鼾声中,一双双新鞋就这样慢慢完工了”。志刚上大学,母亲为他做被褥;去工作，除了做全新的被褥，还要纳鞋垫，“一双，一双，没有停歇地做，鞋垫上绣上花，或者福字”。“鞋垫垫在脚下，母亲就在身边。”正如《中国娃》所唱 :“最爱穿的鞋，是妈妈纳的千层底，站得稳走得正，踏踏实实闯天下。”

母亲是孝敬的。母亲对爷爷奶奶倾力尽孝心，“爷爷身体不好，需要父母以及大爷、叔叔们轮流照料”。孝敬之心传递给了儿女，母亲去世之后，志刚兄许诺每年带父亲至少旅游一个省，从 2005 年后的三年，已旅行了六七个省。不仅如此，对生活孤苦的二姨，志刚兄也是多有牵挂,每次回家总是忘不了去看望。志刚的妹妹志霞，也是常去父亲那里照顾生活，非常体贴。

寥寥数篇散文杂记,只有星星点点的回忆,没有面面俱到的抒写，更不是一本生平详尽的传记，但一位勤劳节俭、坚强乐观、聪慧善良、宽宏质朴、慈爱孝敬的伟大母亲形象，却彻底征服了有心读者，真正触动了人最为脆弱的部位。庄严的母爱，正是一部科学家教纪录片。母亲对子女慈爱无限，但却不娇惯孩子。七八岁时，和母亲一起撕玉米叶（磨成饲料喂猪)，志刚累了，就有些愤愤不平，母亲很严厉批评，于是发生了“我与母亲最严重的一次冲突”。“母亲疼爱我和妹妹,但绝不娇惯。”还不到 10 岁,母亲就开始让志刚学做饭;10 多岁时，学习种地、种菜、针线活。

任何纯真的母爱，只是一种纯真。但正是这种纯真，才造就了争气的子女。作为山东考生，在 20 世纪 90 年代初，能被华东政法学院录取，必须要拥有相当的实力和卓越的学习成绩。1990 年志刚兄初到上海，摄于外滩的照片，上衣穿的是父亲的工作服。我知道，有教养的穷人的孩子，是不会整天哭鼻子闹新衣、张嘴巴要零食的。上了大学之后，志刚兄在凄风冷雨的夜晚，“不眠的我便翻身打开小手电，在室友们此起彼伏的鼾声里一页页地展读一本本泛黄的古籍，直到没知觉地睡去”。怪不得，他至今还“怀念南方的冬季”。其实，有志者，“少年的心，总向往着去远方”。“到处是我家，我家在天涯。”

《我的母亲》一书，字数不多，轻盈一小册，半天即可读完。但作者勾勒出的慈母形象及那份厚重无比的母爱，却是一本巨著，永远也不可能翻到最后一页。

母亲！母亲！

（作者供职于上海政法学院）

刘天鹏：悲歌祭奠

母亲的含义是什么？我常常思考这个问题。简单地说，母亲即是意味着给予——她给予儿女们宝贵的生命，给予儿女们一切一切。母亲对儿女是无私的，是热切期盼的，是爱意无边的。一个伟大而平凡的母亲，她不一定很有才华，不一定很有财富，也不一定长得很美。对于孩子而言，最大的幸福就是在母亲的怀抱里快乐地成长，最美丽的风景就是母亲的微笑，最安全的地方就是母亲的臂弯，而最痛苦的无疑就是过早地失去了母爱。

志刚很痛苦地为天国的母亲写下了一篇篇祭文。

我默默地读着，心在滴血，眼在流泪。

我不知道怎样表述自己的心境。

他的母亲毕竟才56岁。

志刚出生在20世纪70年代初。七十年代初的山东农村，正如志刚先生所说的“如此颓唐”。应该说他那时还不谙事理，还在一声声号啕中吸吮着母亲那已经奶水枯竭的奶头，还在7个月的襁褓中，就咀嚼了大人都难以咽下的粗粮。这也许是志刚来到人世间之后品尝酸甜苦辣的开始，也许这就是志刚落下病根的真正原因。总之，那是一个苦难的岁月。可能志刚还不知道，后来他应该知道，我们那个远离县城的农村，那时正疯狂地刮着浮夸风，到 1976 年浮夸风已达到高潮。过多地强调为国家多交粮食做贡献，使农民口粮难保。我那时已在人民公社谋了个差事，走乡串户亲眼目睹了农民的艰辛时日。志刚所在的村，交通闭塞，是公社的一个边缘村，而且人多地少，村前头是一片洼塘，洼塘边上的槐树叶子曾一度成为许多农民的补充口粮，为数不多的救济粮杯水车薪，人们只好以树叶子掺着玉米面或是地瓜面蒸窝窝头吃。我相信捋树叶子的人群中肯定有志刚的母亲。这不仅是他的母亲勤劳的缘故，确实是生活难以维系。

奶水对一个 7 个月的孩子来说是多么的宝贵与重要！而没了奶水对一个母亲来说是多么的沉重与痛苦！眼看着无能力满足嗷嗷待哺的儿子，母亲一定是万箭穿心，一定是急火攻心，一定泪水涟涟。她渴望用自己的乳汁把自己的儿子喂得身体强壮，她渴望给予儿子全部的母爱，然而，她却不能。她只能眼巴巴地看着贫瘠的土地上缓慢地生长着一棵幼苗，她只能用眼泪冲刷着儿子的脸面。但是，母亲的坚强性格使她下了决心：不管以后是逃荒还是要饭，一定要活下去，一定把儿子拉扯大。就是这朴素的坚强信念，才使志刚在这片贫瘠的土地上顽强地生存下来，这才有了今天志刚踏实的人生。

志刚的母亲在一生的岁月里，无不表现出了她的坚强。就她的身世而言，掺杂着许多的不幸。幼年没有接受教育的机会，12 岁时双亲亡故，生儿育女又逢着岁月凋敝，身心遭受到莫大的伤害，严重的透支，使她还不到 40 岁身体就出现各种疾病，即便是在转为合同制工人后，仍然不得享清福，拣煤核，做厨工，得到的报酬依然满足不了家庭的开支。就是这样，她怀着一个坚强的信念：把孩子拉扯大培养成人。当我读到志刚在 80 里外读高中星期天回家，在那一片“风吹过去沙沙响”的玉米地里母子抱头痛哭时，我透过蒙眬的眼泪，仿佛看到了挥汗如雨的母亲，汗水泪水流淌到一起，滴落在干裂的土地上。坚强的母亲啊，你再坚强也难以控制住这情感的泪水。你仿佛是为儿子活着，你在拼着体力劳作中嘴里念叨的是儿子，你在那个秋日的黄昏送儿子到上海读书时，抹着眼泪跟随着启动的火车踉踉跄跄向前跑去，那是你的心肝宝贝，那是你生命的延续，那是你全部的希冀和未来。

尽管生活拮据，母亲依旧保持着乐观豁达的心态。在相亲的时候，母亲调皮地爬上大树，这个有趣的相亲故事确实很经典。仅从这一点，就看出母亲的聪慧。我猜测，志刚在写这一段文章时，一定是怀着对母亲的佩服。她在大树上把未来的丈夫尽收眼底，如果是不中意，她会溜下大树销声匿迹。恰恰是她窥测了树下的小伙子的全部，在她萌动的青春里，寻觅到了依托，才毅然决然地认定了这就是她要嫁的人，只过了 9 天，他们就走进了婚姻登记机关。后来丈夫当了工人，在回家歇班时夫妻俩忙里偷闲对弈，那永远面带微笑的脸庞，都足以让人感到母亲是性格开朗、豁然大度的。这种基因显然是传给了儿子，我所认识的志刚就是这么一个人。传承了母亲的基因，加上天赋的秉性，志刚的才能在他的生活工作中发挥到了极致，生命放出了亮丽的光彩。才，不必说；德，众人知。这不能不说是母亲的头等功劳，言传身教，循循善诱。那些听起来极其朴素的哲理性的人生格言，比如“吃亏长见识”，比如“让人三分不为耻”等等，我敢说，母亲就是儿子的启蒙老师。志刚正是从小受到这样的教育并得益于此。

作为一个乡村女人，志刚的母亲可能比起其她的女人有着刚烈的一面。我觉得，乡村女人的这种刚烈实在是难能可贵。没有这种刚烈，就支撑不起一片蓝天，就无法面对残酷的现实。不甘于后，不败于人，可能母亲自己得不到多少好处，但是子女却是真的得到了实惠。在很大程度上来看，母亲的刚烈是一种奉献牺牲精神。为了儿子，为了自己的梦想。唯有挺起那永不弯曲的脊梁和头颅，才能呵护自己的儿女。在刚烈的背后，其实是母亲善良的心扉。当她和亲人发生了不愉快时，当四叔拳头相向时，母亲采取了极大的忍耐。后来四叔道歉，“母亲很宽怀地说这事过去了”。这在一般人来说是很难做到的，然而母亲做到了，她很大度地原谅了小叔子的过错。看起来，这与母亲一向刚烈的性格不大吻合，但是，这恰恰是母亲真实可贵的一面。志刚在回忆这一段时，把原因归结于自己，我觉得还有失偏颇。志刚只是为当年母亲的挨打抱不平，只是觉得有愧于母亲。作为儿子，感到母亲遭受如此屈辱而心疼（我尚且认为是一种屈辱）。

母子情跃然纸上。

母亲去世的这几年，志刚一直处在一种悲痛思念当中，他曾告诉我母亲的去世使他的世界观发生了很大的转变。他在回忆母亲的一些生活片段时，掺杂了很多自己的情绪。一而再地为亡故的母亲写祭文。每逢重大节日，都会勾起志刚的很多联想，他有太多的悲伤，他有永远忘不了的思念。我在读《三年生死两茫茫》时，几次哽咽，卒不忍睹“……您为什么不理我呢……没娘的孩子是不是都这么可怜啊——心里空落落的，没有依靠……”志刚哭了，我也哭了，凡是与志刚要好的朋友都哭了。

平心而论，志刚的散文的确是很耐读，无论是切入点，还是过程的叙述，都展现了非凡的笔力。在我看来，这一篇篇怀念母亲的散文，就是一篇篇悲歌祭奠。依然活在天堂里的母亲，您能够听到儿子的哭喊吗？能忍心儿子拆裂的呼叫声吗？儿子哭干了眼泪，唯一希冀的是母亲在天堂里活得快乐舒心，唯一乞求的是母亲那不朽的灵魂保佑您的儿女。

志刚，母亲在天堂里看着您。

志刚，你看，母亲依然微笑。

补白：

和天鹏老师也有深深的一段缘。

我少时，在村子里大队的场院用砖头、石块划一块“领地”，等待母亲、妹妹一起看露天的电影。在当时的农村，几个月看一部电影，已是很奢侈的一种娱乐活动。那时，天鹏老师就在公社的电影放映队，可以说，我的少年时代伴随着他亲手放映的电影而成长。

后来我开始走出农村，而乡镇，而县城，而上海，而北京；天鹏老师后来到了县里，开始他的从政之路，业余时间笔耕不辍，并取得相当成绩。再后来，也听说了一些关于他的故事，很沧桑的故事，但并未相见。

我于偶然间找到他在人民网的博客，他在那里开设了个人博客，发表他的长篇小说，我陆陆续续看了一些，并通过QQ和他取得了联系。

前几日，他从深圳飞到北京，我们再次开始现实的接触。岁月在他的容颜上已留下很多的刻痕，但他心中的文学之梦仍然汹涌。一个热爱文学的人，一定是一个真诚的人，热爱生活的人。

我把我为母亲写的书赠送给他，他回深圳后未解旅途劳顿即刻写了一篇读后感。我借我的博客转发出来，以表达对他的谢意。因节前不能回家为母上坟，这篇文章也作为牛年春节我对母亲的深深祭奠。

天鹏，原名刘天鹏，笔名雨落山人、营陵笑生，自由撰稿人，知名作家，爱好写作数十年，自著和编写丛书数十部，达两百余万字。著有长篇小说：《浮生》、《浮雕》、《雨落山》、《闲话云罗山庄》。

吴青松：再读《2009年春·父亲》

中午，约了老乡东方慧儿一起吃饭,席间,接到电话,说快递到了，就在办公楼下，匆匆给同事打了个电话帮忙收下。下午回到办公室，一看很是惊喜，没想到这么快就收到了正义网志刚的书，一共四本：《我的母亲》、《2009年春·父亲》、《2010我的微博生活》、《澳洲培训笔记》。

与志刚联系是很偶然的事，新浪开博一年，2009年4月，偶然在新浪上浏览了“父亲的病中日记”的博客，面对身患肝病的父亲，倾其所有挽救的艰辛，唤起了我对病中父亲的回忆。那时，我不知“父亲的病中日记”是谁，甚至连一丝同行的感觉也没有，只知道他的父亲在北京治疗，几乎每日一志，那份为人子的孝心深深地触动了我。孝为人伦之本,从来慎交网友的我,在他的博客里留了个纸条，大体内容是：我父亲也是肝病去世的，珍惜父亲在世的日子。

母亲早逝、父亲病重，曾经的经历使我很明白他对亲情的眷恋，也明白再现代的医疗条件，也挽救不了绝症的亲人。正是因为相似的经历，使得我频频光顾他的博客，直到6月4日后休博。读到他的日记，那些在医院陪同治疗的经历，又回到了眼前。我想起父亲诊断书上的几行字：门静脉高压症、脾肿大、肝硬化。首次手术后的希望，再次手术后的绝望，伤口不能愈合的担忧，都在瞬间浮现。那挥之不去的压抑、无奈、悲凉，看不到一丝希望的明天，还有炼狱一般的医院生活。

日子一天天流逝，消息时好时坏。最终，一纸病危通知书让我挥泪如雨：曾赋予我们生命的父亲就这么走了，就像10年前的母亲，带着遗憾、带着不舍，匆匆驾鹤西行。守在父亲的灵前，突然感到，无父无母的子女，就如寒夜里被抛弃的羊羔，那份无助与悲凉只有自己才懂。

父亲去世不到三月，继母也意外死亡。紧接着又陷入继母子女与我们兄妹的财产纠纷，人性的丑恶尽情上演——

许多年过去，泪痕渐渐淡去，异乡漂泊的孤独、风刀霜剑的辛酸似乎从来就没有远我而去。“珍惜当下的第一天，好好活着，平安健康快乐，才是对故人的一种慰藉”，是志刚的自勉，也是对所有没有亲情庇护的孩子们的劝慰。

（作者供职于山东沂南县检察院）

刘天鹏：真诚的碎片

2011 年植树节这一天，我接到了志刚先生的《2010 我的微博生活》书册，觉得特有意义。之所以称这部书为书册，是因为里边有很多精彩的图片，跃然于精美的文字之间，真可谓图文并茂，赏心悦目。

掩卷沉思，又觉得更大的意义不在于图片与文字的完美组合，而是通过这 2010 年的微博生活，折射出了作者的人生及人生的意义与乐趣。生活就是无数个碎片编织而成的。她的本身就是一页页、一片片。与他人不同的是，志刚的 2010，在繁忙的工作与生活中，更加稳健与成熟，因而就有了更加绚烂的闪光点。组成生活的碎片，不仅仅是我们看到的一组组镜头，而是一摞厚厚的人生日记，是一次人生的凝练,是生活某阶段的积淀,是一幅凝重的画面。读完之后，我觉得可以用两个字概括志刚这一年也或许是他整个人生信念：真诚！对工作是真诚的，对父母的孝是真诚的，对朋友是真诚的。

志刚在 39 年的人生中，经历了种种历练。在家庭生活并不宽裕的状况下，他读完了小学一直到高中，并以优异的成绩考入了重点大学。他对生活的热爱，表现在了对工作的认真执着。他所担负的重要工作，繁忙而具体。据我所知，他经常参加一些户外活动，经常组织一些重大活动。尤其是负责正义网之后，总裁的担子一直是沉重的。然而，志刚乐此不彼，总能有些新的突破，创造出新的经验，博得同行们的喝彩声。法律博客的开通与改版，耗去了他大量的心血。他总是不辱使命，像老牛一样负重地工作。

志刚是一个很有正义感的人，在微博中，可以看出他的积极人生态度和与人为善的的信条。也许是他从事法律这项工作所必须具有的素质，也许是与生俱来的秉性。他坚持“当你有能力帮助别人的时候，一定要去做”。当他在单位门口遇到一位老太太，我想也是素昧平生吧，他慷慨解囊。“前一段时间中午在单位门口遇到一位老太太,手里拿着一张报纸,要找一位同事反映问题。大体问了一下，是人命关天的事，问她身上有没有钱吃饭后，掏出裤兜里所有的现金给她，还有我的名片，并致电那位同事迅速赶来，问清需要帮什么忙。还答应老大妈，有任何需要我们做的但说无妨。”“赵大妈近日从安徽来京，继续探讨如何解决她所反映的问题。中午请她吃自助餐。帮助一个人，解决一件事，都需要沉下心来，认真去做。”“赵大妈姓赵，76 岁，安徽宿州人氏。诉：老伴抗美援朝老战士，在一国营农场工作，受到单位领导不公正待遇，前年含冤辞世，其一子肝病，也因此气急，于 45 岁盛年病逝。大妈奔波上访为其老伴讨个说法。偌大年纪如此辗转上访，定有冤情。大妈赠送我一枚老伴的八一军功章，背面看是 1950，珍藏之。”我想这一定是一个很生动很令人动心的故事。一个心存善良的人，对一个无助的老太太，不仅仅是施舍，而是捧上了一颗炽热的心。

我对志刚，了解他的家甚于了解他个人。他尽管在京城重要部门工作，但是他的父母依然在老家居住。命运对他十分不公平，正当志刚事业向上的时候，父母亲却过早地离开人间。这使得他一次次悲痛欲绝。“子欲养而亲不待”，志刚感到了无助。2009 年，当他还没从母亲去世的悲痛中解脱出来，年纪不算大的父亲得了不治之病。这一次的打击无疑对志刚是致命的。他倾其全力为父亲治病，找最好的医院，做最大难度的肝移植手术，然而，苍天无眼，医生乏术，一个善良的生命归天而去。志刚不知道怎么应对这突如其来的打击，“心被一刀刀割碎了，犹如凌迟”。他在微博中写道，“母亲去世，我写了一些短文，那时的心只有疼痛。现在写父亲，除了疼痛，更有无助。于这个世界，于人于事，真的是无法把握”。即便是这样，志刚仍然不忘工作，“把所有的力量释放到工作上，怕自己有空隙。一有空隙，就想他（父亲），全是泪水。很多的场合，无法自控。2009 年 8 月在云南昆明上课，同学徐梦寒只知道我父亲病了，还不知他已走，在翠湖的大厅拍我肩膀问：你爸的病好了没？我扭头望她，还未张口回应，眼泪就落了下来。”2010 年清明，志刚回家扫墓，一起吃饭时跟我说，每次回家，都是哭得一塌糊涂，回京的路上，脸上全是泪花。当时我也很难自已，眼泪盈满眼眶。再后来见面，我就不敢问起这事。唉！苍天为什么对有如此孝心的人不眷顾呢？这些“碎片”，成为了志刚永恒的记忆，尽管这记忆有些痛楚，但是他永远不会忘却。

《2010 我的微博生活》是志刚人生的一个缩影，也许痛苦铸就了他的坚强，他变得比以往任何时候都自信。也许忙碌而充实的生活，增加了他人生的缤纷多彩，他比任何时候都成熟。这一次见到他，是在一个朋友儿子的婚礼上，志刚作了精彩的讲话，博得一片掌声。我看到他的脸上充满着自信，谈吐自如。期盼志刚多一些这样的生活“碎片”，织成斑斓的生活画卷。

微博

有亲人在
故乡是故乡
失去爹娘后
每次潜回县城
都真切地觉得自己是个孤魂野鬼
……

忙了一年了，终于可以停下来歇一下了。明天我将返回山东，为早逝的父母上坟。今年的春节，我，一个没爹没娘的老男人，开始尝试过没爹没娘的春节。(2010.2.9)

2009 年过得好快啊。这一年于我亦是巨大变故的一年，父亲春天病重，最后不治。于我是极大之打击。(2010.2.10)

@ 春节还乡未完成的诗： 坟前祭父母，侧畔闻媪泣。泪眼寻声望，白发形影只。抚碑长悲啼，句句唤吾子。最是不堪处，死别与生离。(2010.3.11)

@ 赵志霞短信： 我知道你的滋味！可我们不是神我们无可奈。我们现在好好的就是对爹娘最好的报答。他们希望你出息，希望你身体好好的。(2010.4.6)

@ 爱真理妹妹： 生者对逝者最好的怀念就是幸福地活着。

@ 白菜： 平安即福。

有亲人在，故乡是故乡。失去爹娘后，每次回县城，都真切地觉得自己是个孤魂野鬼。(2010.6.23)

父亲去世整整一年了。回想去年春天炼狱般的经历，心如刀割。那 100 多天，于父亲是地狱，于我亦是。(2010.6.25)

@ 安妮： 可以理解，好多事情放在心里吧。

赶在明日中元节前返回山东老家，为早去的父母祭扫。前一阵屡于梦境中见到病中的慈父，想是他盼自己的爱子回家看他了。(2010.8.23)

@ 苏米 sumi： 为有你这样善良孝顺正义的山东老乡而骄傲。

@ 志刚： 回复 @ 噗猪猪：亲人，是灵魂的故乡。

@ 一点凝烟 LIU： 我也经常会梦到死去的亲人，我觉得那就是真实的思念！

今日中元节，也就是俗话说的鬼节，我深信父母已经往生为佛菩萨。缅怀父母的恩情，好好生活，过好每一天，才对得起他们的养育之恩。(2010.8.24)

@ 贰竹过江： 活在当下。

雨大。似是落泪。今天怪怪的。慈母 7 年祭，难以抚平思念的块垒。相信母亲已经得到快乐的来生。(2010.9.2)

@ 北宣王： 有儿子的这份真挚的追念，母亲是有知的快乐的。

Wangdong 短信:心情很不平静，在回山东的车上伴随阵阵秋雨，任思绪飞扬。20 世纪 90 年代初咱爸咱娘还住平房，我和王波每年八月十四都和他们一起提前过节。一盘花生，一盘蚂蚱，几个青菜，爷仨喝酒，咱娘炒菜……酒酣人畅，在回去的路上一路高歌……一切都远走，物是人非，留下的只有回忆。感怀父母，在这个日子！(2010.9.23)

@i 创业者： 人生一回，记住这些恩情到最后。

@ 贰竹过江： 父母永远是我们最亲的人。

@redragon： 珍惜眼前人。

@ 将军令 7204： 生命如同轮回。这一世不够，下一世还会遇见。

台上卫生部的女新闻官刚才说，中国人的平均寿命已到 74 岁，深深忆念尚不满一个甲子就早逝的父母双亲，为他们的不幸而伤感，为我和妹妹的不幸而感伤，子欲养而亲不待。今又重阳，愿爹娘彼岸安好。(2010.10.16)

昨夜梦境是一次漫长坎坷的徒步之旅，梦中一两段路是和母亲同行，她给我干裂的嘴唇涂唇膏。当时我说买些什么时，她说我和你爸都没钱了。不知何意。(2010.10.20)

GoodLuckEconLaw： 早清明，晚十月一。提醒你该给父母送纸钱上香了。快到阴历十月初一，有这个习惯的。

@ 王小屁家的王柠檬: 我们都是按自己的理解来说，希望对你有帮助。觉得这个梦，代表心里有些累，行动却乏力。母亲代表情绪、情感和安全感，回归一下家庭温情、生活情趣，或许对你有帮助。

@ 今今糖： 都说母子同心呢。

读大哥杨忠武新著《我的真善美》，其中一篇《不治之症最好“不治”》，其中一个例子尽管没点名，说的就是我为救父亲让医院两度给他施行肝移植手术，最终回天乏术。“花钱先不说，老人所受的痛苦，这位同学至今一提到父亲还是泪流满面。”这篇文章读来让我清泪潸然。(2010.10.24)

@将军令7204：他们都是西医实验医学的祭品，这一条谁也没能回答是否有尽头的危途。

@志刚：回复@东方蜘蛛：依然记得东哥和少林哥那天去301的情景。依然记得您送给我的奥勒留的一句话：你出生前的无限的空洞和你离世后无限的寂空是一样的。

蒙语歌《心之寻》：母亲啊，母亲 / 在那遥远的地方 / 你的笑容是否，从前一样 / 母亲啊，母亲 / 无论我漂泊到何方 / 你的温暖永远在我的心上。(2010.12.1)

LeiShen1527：母亲永远是心上最平实最温暖的基础。

大约早上5点左右梦见慈父，精神尚好，发已花白。我双手握他双手，双膝跪下：爸爸我想你！大声的哭喊让自己从梦境中走出，眼角全是泪。(2010.10.30)

@Esther001：您要过得更好，才能让您的父亲得到安慰啊。保重自己！

@贰竹过江：亲人永在心间。

@下个世纪的阳光：爱吾老及人之老，爱一定会通过另一种方式温暖你。

@陈伟鸿：相信他也是带着思念和牵挂而来，稍纵即逝，刹那永恒。

@壹猪过江：梦见相见，也是一种幸福。祝好！

@上海五哥：常忆过去，把握现在，掌控未来。

农历的十月一日，为送寒衣节。想到前几日梦到父亲，下午去八大处灵光寺为故父亲母亲大人供奉往生牌位，以寄哀思。(2010.10.31)

母亲教导我说：善根出善苗。浇花要浇根，交人要交心。(2010.11.17)

@蒋锡培：我父母常跟我说的一句话：“你搬凳子给别人坐，就是搬凳子给自己坐。”20多年来，至今铭记于心，感悟至深。我们的父母对孩子的影响，有时候哪怕只是一句很朴实很普通的语言，也会让我们受益一生。不知道你父母的哪一句话，或者哪一个举止，让你一生难以忘记？

在 QQ 上意外遇到初中时代老师徐培英，至少 20 年未曾谋面了。谈起我父亲的去世，他很感慨。嘱我：活着的人做得好，就是对父母的大孝。当我说学生这么多年不联系老师很愧疚时，徐师说，图回报者，虽付出万担粮而难求一粟。(2011.1.3)

车航行于夜色之海。这么多年第一次赶夜路回乡。除了三亲四友和父母的坟茔，故乡只有概念上的意义了。爹娘不在，你的灵魂只能在齐鲁大地上飘飘荡荡。(2011.1.28)

@ 雪域的格桑花儿：把父母的爱传递开去，故乡，亲人，自在心间。

@ 我飞丫飞：思念有时需要一种形式释放，否则总是压抑在心里很难受 。

只是一场小雪。早上起来，冬日的太阳已经高高升起。出门时利刀般的寒风掠过自己的脸，冲锋衣无法保暖。妹妹准备好了祭品，和一群最亲的人去公墓为父母上坟。时间正在慢慢疗治我的哀伤，此次祭奠已没有大把大把的泪水滑过我的脸。(2011.1.29)

昨天大年三十乘和谐号到天津，与凯哥、项哥一起陪田永生大舅过年。他气色还不错，更加瘦了，脸色略黄。给我看腹部的手术创面，那个 L 形的刀口是我所熟悉的，父亲在 2009 年春天就是这样的。中饭的气氛是热烈的。但愿明年春节依然能和大舅共同度过。(2011.2.3)

姚文淮老检察长进京疗眼疾，今去探望时他递我一篇纪念母亲的长文，他说评价一名干部是否优秀，除了德才兼备之外，还要有对父母的孝敬。(2011.2.24)

@ 周春生：不能孝敬父母，哪能孝敬（尊重）百姓，不过这只是最低标准，因为孝敬父母也是一个好的百姓应该做的。

今日下午参加国新办“全国温馨感人博文帖文大展贴”定评会。其中很多文章写到母亲、父亲。侯处长说，很多入围文章所以感人，是因为作者的体验多来自艰难困苦，只有经历苦难的人才有深刻感受。(2011.3.8)

@ 刘柏杨官方微博：苦难是一笔无法剥夺的财富。

野百合的春天。表姐家的小院里绿油油生长着两丛百合，她说这是我爹娘在此做客时，到南边的山上采来种下的。原本只一株，十年来已丛生。春天的野百合，忆念爹娘。(2011.4.3)

@行无疆 66：前人栽树，后人纳福。

@爬香山去：花开茂盛，是他们留福人间。

母亲在世时节衣缩食，生活极为简约，她一再告诫父亲：志刚比我们更用得着钱，要为他攒钱。母亲去世前至少有七八年的时间偷偷把钱藏在不为人知的地方，直到她去世后父亲清理所有的角落，在床底下一个角落的鞋子里取出 3 万块钱，我手捧那钱号啕大哭。(2011.5.9)

@左右围栏：可怜天下父母心啊。

@莞尔一弦：这就是父母，一辈子辛劳操心为儿女，只求儿女过得好。儿女过得好便是对他们最大的告慰。

@卷毛苏：心酸……母亲的爱总是无边无际，就好像大海，好似天空。

@三石头 8898：健康活着，可以让后辈少点遗憾。

父亲 2003 年在阜外医院做心脏搭桥手术时的病友徐信利，陕西安康人，来京看病辗转电话联系上我，问你父可好？我据实以告，说慈父两年前肝癌不治，徐伯伯不胜唏嘘：啊呀，你爸 2008 年还常给我打电话，后来就没了讯息。我抓着手机，还说着话，泪水却瞬时流下来。擦干泪。这几天到医院探望徐伯伯一下。(2011.5.25)

@茶湖茶：曾经父亲身边被他感染过的人们，就代表着他，无意中为你带来父亲的气息 ... 志刚坚强。

@行无疆 66：重情重义，我等楷模。

@雪木川源：你哭，他在天堂里伤心；你乐，他在天堂里安心。

昨夜多梦。晨醒清晰忆起梦境中与母亲的相见，说过的话都忘了。父亲也出现了，但没有言语。查一下日历，再有半个月就是慈母离世 8 周年。(2011.7.9)

@ **紫靖妈妈**：所有的事情都会过去，所有的事情都不会过去。

@ **江山相依依**：日有所思，夜有所梦，是念母之心的无法割舍。

@ **雪域的格桑花儿**：真孝，该是父母希望你如何你就如何吧，大约父母最想看到的是你健康吉祥，然后尽好自己的责任吧。

@Louiselanlan：转发此微博：在梦里延续着爱！//@ 茶湖茶：梦，是所有无解密匙。在隔空遥望中，走出亲情相拥的盛景。问候志刚大孝：痴者，痴心不改。

@ **将军令 7204**：能与慈母对话也是很温暖的时刻，尽管细节不一定记得。

@lam19：梦境总是能表达出人潜在的内心。

与 WF 老师交流。父母去世时他都在国外，皆未能临终一面。他说，父母这么早辞世也许是让我们少一些牵挂，做某件大事，但这些年来随遇而安，未有成就。我接上话茬谈此次自己身体健康的重构，这也是尽孝啊，因为我是父亲的骨血，他们虽然已逝，但依然潜伏于你的身心。(2011.8.7)

8 年前猝然丧母之哀痛，巨大精神刺激使我罹患糖尿之疾，今日是疾已痊愈，足可告慰母亲。今天慈母娄为良大人辞世 8 周年忌日，以一篇 5 年前旧文祭之。问君残泪抛何处，慈母青冢啼哀乌。八载离恨愁似水，九天云外音容殊。(2011.8.23)

@ **雨思微博**：感恩母亲。

@wendy816：逝者已往，生者当坚强。

@ **肚儿滚**：朴素的情感，感天动地。

@ **行无疆 66**：大孝之人，义气之士。

@ **一苇 zou**：泪，这些质朴的情感常令我泪流满面。

今天是父亲大人赵立成公冥诞 60 周岁纪念日。他短暂的不足一个甲子的人生留给我最重要的东西，想来应是：坚韧，宽容，悲悯。他最艰难的岁月，是在煤井下劳作的 30 年，为了妻儿老小，暗无天日。身体早衰亦与此密切相关。怀念慈父，保重自我，利益他人。(2011.11.12)

@ **江山相依依**：保重。

@ **无色的微博**：多年前见过老人家，当时他看起来精神状态很好，很闲适的样子，房间里供了一个佛堂，谁知道……生命真是无常啊。

@ **式微 – 妙怡**：父爱如山。

@Colorshanghai：祈福。

阳光温暖地洒到屏幕上，在电脑上阅读成了一件困难的事，不由地静下心来。想想前夜的噩梦，梦境是弥留之际的父母待在同一家医院，我眼睁睁地目睹他们受罪，却束手无策。这梦搅扰了这两天的心境，让我时常以深呼吸来对治之。好好享受冬日暖阳吧，不要烦恼，不要悲伤，好好的。(2011.11.23)

@知行一_Cynthia：面对现实，也让冬日暖阳照进心里。

@式微－妙怡：弥留之际，在一起的，是好的事情，是宿世情缘，多好的事情，那是福气的象征。可不是噩梦的。

从八宝山下一号线地铁前，雪花刚零零星星地飘起来，半个多小时后从天安门西站钻出地面，雪已经纷纷扬扬地飞舞。现在是八点，只是一个极普通的冬日早上。但雪却让我一下子忆起过去很多梦一样的日子，童年，故乡，乡下的旧历新年，病中的父亲。(2011.12.6)

@微威空间：有对过去的念想就有根，根会让我们长的更加枝繁叶茂，对时空人世有更多的体验。更要体验欢快和轻松。

@江南玫瑰花园：昨日和朋友探讨人生，佛家的思想即：该怎么过就怎么过。一切豁然开朗。

@法律学堂：在无雪的岭南，怀念有雪的日子，祝福!

很多时候不是我们去看父母的背影，而是承受他们追逐的目光，承受他们不舍的，不放心的，满眼的目送。最后才渐渐明白，这个世界上，再也没有任何人，可以像父母一样，爱我如生命。——龙应台（2011.12.26）

@刀之痕：感同身受，父母的爱永远是最无私的。

@Mr旋转木马：身体发肤，受之父母。珍惜长辈，同时珍惜自己身体，也是对长辈的宽慰。

小时候进了腊月就度日如年，盼望着快过年，能有好饭吃，有新衣穿，尽管那饭菜缺油少盐，尽管那新衣是母亲的旧装翻新。我们对于新年的快乐是何时失去的呢？似乎是当物质不再匮乏，似乎是当忙于追名逐利。今天，面对即将到来的旧历新年，总是慨叹人生的短暂与易逝，几无快乐以及期待。(2012.1.14)

@会飞的鱼 LJ：回家来吧，我们想你。

@快乐美蜘蛛：小孩儿小孩儿你别馋，过了腊八就是年。

@天地一沙鸥新宇：多来澳洲，每天阳光灿烂，你就恢复童真了。

《法句经》有云：是日已过，命随亦减。如少水鱼，斯有何乐？拭去爹娘墓上的积雪与尘埃，那彻骨的冷透过手心蓦地刺入心底。母亲走了快 10 年，父亲也离开 3 载。雪花飞舞中想到这些，就觉得现实是水中的幻相。(2012.1.22)

@雨思微博：今日威海亦有飞雪。一切有为法，如梦幻泡影。

@LeiShen1527：幻境和现世，哪个又更真实呢？

记得 2009 年春父亲辞世的前夜也来我的梦中与我告别，是在海边，天地大放光明。

天地一沙鸥新宇：回复 @志刚：我现在认可稻盛和夫的一个观点：世界万物都是心中的想法产生的，你的思想是什么样的，就会吸引宇宙中相应的能量场来配合你，你的世界就是什么样的，我相信不久的将来科学可以证明这一点。(2012.3.6)

@志刚：相信亲人之间一定是有感应的。下午长安街徒步，4 时多过南礼士路，在路口等红灯，想到一个多月没联系远在山东老家的妹妹志霞，惦记她怎样了。还没到军博，她的电话就响了起来。

@岱下书堂 v 杞人：亲人之间的感应是不可解释但确实存在的，我也确信。

记得我母亲在世时，每次回返山东，清晨都是她带我去东山散步，几乎每个早上走的都是一个路径，2003 年她因心脏病猝然辞世后，埋葬她的地方正是我们经常散步的那个地方。(2012.3.15)

@飘忽爱丽丝：回复 @志刚：凡所有相，皆是虚妄。哪怕贪嗔痴慢疑恨别离求不得等火里来风里去的轮番考验着众生的心智，但这恰恰是修行的实相，因接受而宽容，因宽容而慈悲，因慈悲而放下，因放下才能无相。

@飘忽爱丽丝：这一幕正是我最钟爱又倍觉伤感，母亲在世时最爱我牵她散步。从头到尾电影没说一个爱字。

@志刚：回复 @飘忽爱丽丝：雨果说，无论如何挣扎、努力，上帝看来，这个世界是永恒的寂静。而爱因斯坦也说，尘世是一个幻觉，只不过这个幻觉在我们的脑海里还很顽固。

飘忽爱丽丝：三世因果、六道轮回，时空是多维的，这个时空有遗憾，或许另个时空是圆满的。最近又梦到妈妈心念传递关怀叮咛，我相信她离我很近，可能就在我的心神上，无时无刻。一位有修为的医者对我说:当你以为很近时、通常很远，当你以为失去了，或许才是最近的。静室兰香，心净方闻一缕幽香。

幸福来源于内心，非物质。同样的饮食，吃上去已经天壤之别。记得年少时，母亲用她的旧涤卡给我改成棉衣的外衬，大年初一清晨醒来穿上，心里有着说不出来的喜悦。(2012.3.29)

@王平：阿姨做的西红柿鸡蛋面，每吃一次，就会想起小时候在农村，只有在夏季入伏的那一天全家才有机会吃一次西红柿鸡蛋面。那时虽然没有荷包蛋，西红柿也没这么多，却是地道手擀面，而且当时吃到嘴里对味蕾的冲击力远非现在这一碗能比的。**@木子高：**小时候穿的大棉裤还保留着，只是有用鼻涕擦亮的衣袖让母亲洗的干干净净……

@王平：记得咱们小时候，我们在课间踢豆包，你穿了双新买的解放胶鞋跑过来。想起来了没？我记得清楚着呢。

@法治新闻传播：回味过去美好的记忆，永远生活在幸福之中。

昨日故乡飘洒着清明雨，老天亦知人的心。今天空气晴好，风大。彩凤二姑订制了一个很凄美的花圈，其中簇着的菊花鲜艳到刺眼。转瞬间母亲辞世九载，父亲大人也已三年。在爹娘合葬墓前燃香肃立，追思过往，感恩他们对我和妹妹的养育。我知道，惟有好好活下去，长命百岁，方是尽孝。(2012.4.3)

@幸福作坊主人：侍死如侍生，恭敬升仁义。

@悠远之芯：老人们在天国看到自己的儿女过得健康快乐幸福美满，他们一定也从心里面感到幸福美满。

@pingpingguanguan：有你这样的儿子，你父母肯定感觉很幸福、很欣慰。

童年时，爷爷奶奶爸爸妈妈是我与死亡之间的天然屏障 。清明只是清明。孩子们吹着柳笛，手里拿着爹娘给的彩壳的蛋，在春寒里互相撞击蛋壳，嬉闹的笑意在风中飘。慎终追远的凝重，还有哀思，是大人的事。(2012.4.4)

@ 式微 - 妙怡：小草，开始钻绿。柳枝，开始冒芽。当风吹起缕缕清新，闻到泥土的芬芳，才在这乍暖还寒的季节发现浅浅的春意，悄无声息，寂静如空气，在新奇的世界里等一场美丽浪漫的绽放。

@ 浪子拣拣：清明插柳、吹柳笛、碰鸡蛋，一样的习俗，温暖的记忆。

@ 式微 - 妙怡：孩童时，依稀记得满身灰土，只知道肆无忌惮的玩耍，从不知大人们在忙活什么，饿了，累了，倦了，陆陆续续被大人们叫回家。清明，似乎才真的是轮回的开始。

山东老家的行谊，十年忌日九年过。今年阴历 7 月 24 日，慈母大人娄为良十年祭。决定在业余时间着手梳理写母亲、父亲的碎片文稿，按照某种逻辑编辑，在祭奠仪式前公开出版，亦当作父母精神上的合葬。希望调子上明亮些，过滤一些当时写作的悲伤。书名暂定为《俺娘俺爹》，母亲大父亲 3 岁，去世早于父亲 6 年。(2012.4.17)

@ 度塔尔：至人光俗，大孝通神。谦以表性，恭惟立身。善哉孝作，期待期待。

@ 王平：静候出版。

《俺娘俺爹》一书的筹备有了阶段性成果，超过 10 万字。父母之恩，恩重难报。十万笔记，难报养育之恩之万一。(2012.4.28)

@ 雪域的格桑花儿：青山何处不道场。

@ 迷雾旋清流：点滴记忆，无限真情。

@ 王平：里面大部份都是我熟悉的人和记忆中的情景。

@ 董华平新闻观察：未读全书，只看章节，字字珠玑，句句情深。

父母尽管已经西行，但我生活中所遇所有的人和事，乃至草木山川，明月清风，都带着他们的气息。在无限的感念中，回望身后 41 年，皆有爹娘引导我一路走来的印迹。八大处灵光寺佛牙舍利塔，明日起开放 20 天。5 年前父亲塔前的照片。(2012.5.11)

《俺娘俺爹》一书排版，共约 15 万字，200 页左右，目前已将文字灌入。下一步理顺各篇文章内在逻辑，并选父母部分经典照片加入。本书一个突出特点，遴选网友精彩评论，在多数篇章末尾以微博体脚注之形式出现，因此定稿后还要公告各位网友，以取得著作权授权。(2012.5.11)

@ 刘健君 99：期待分享这份爱与感动。

@ 法眼慧心识波涛：期待兄弟佳作！

@ 骆驼翔子之跟风行动：我觉得可以尝试，微博营销，微博写作，微博参与，微博分享。

@ 时光－鱼：曾看过山东摄影家焦波的摄影集子《俺爹俺娘》，他拍摄了父母二十多年来朴实真实的经典生活点滴影像，很感动，父母慢慢变老，甚至离开，我们能做什么？

@ 行无疆 66：母亲节前，了此大愿，志刚兄弟忠孝楷模，兄虽自愧不如，但是强烈支持！

@ 岑红_编译：有这样的父亲，你孩子也一定是孝顺的。

@ 中道：二老如有知，当无比欣慰。祈愿他们早生净土。

@ 雪木川源：我总是想把我的父母以及他们的爱用文字记录下来，可是总感觉言语的苍白无法完整表达，情到了，文不达。

@ 法律学堂：感动于志刚兄的孝心，文章千古事，孝心天地知。

@ 人在旅途：期待书籍快些面世，了解父母亲大人的为人处世，教育子女的方式，很是期盼！

目前做的工作是把这些碎片重新整理，集成一本书，作为父母精神上的合葬以及抽象。多谢您能如此重视我送您的小册子。//@ 广州杨斌：原来总以为自己还属于孝顺的孩子，但拜读了您的《我的母亲》《父亲》两本书后，发觉自己还做得远远不够，对于生命也有了更深的理解。(2012.5.11)

@ 星湖真人：亲子之孝感成文，以真挚淳朴感人，双亲已逝，唯留嗟叹，值此西洋母亲节之际，师兄成书以奉双亲，意义非凡！希望老人活着的安康，逝去的在另一个世界宁静……

@ 乌瓜瓜：历史上赫赫有名的人，为其著书立传的人不在少数，回忆我的母亲父亲的文章被广为传播的，大多也是名人之后。有时想，我的父母平凡的人生当中，也有很多传奇，虽然不是波澜壮阔，但同样是与众不同的一生，但可能除了我和妹妹的记忆，这些都会湮没无痕。所以这就是您这本书最大的意义和价值，您做到了！

@ 乌瓜瓜：收到您的《我的母亲》，久久不敢翻开，之前知道您失去至亲那种子欲养而亲不待的伤痛，这种故事是我最不忍面对和细思的。看着身边同龄的朋友对子女的全情投入，不免想起自己的父母如何付出。但为人子女，对父母总是亏欠多于报答，这恐怕是人世间最无法言语的一种不平。

@ 中岳狂飙 096：这种宣传很好，父母的养育之恩终生难忘。

十个年头也只是一瞬 / 母亲大人 / 您一直在注视着我 / 尽管想您时会落泪如雨 / 但我记得您的教导 / 活着，确实与物质无关 / 尘世这一程，只为灵魂的修行。（母亲节，忆慈母娄为良）（2012.5.13）

@ 春光灿烂小茶壶:这张照片二娘笑的很开心！那所“小宅子”里有我们美好的回忆，在这个特殊的日子里为在天国的二娘祈福！二娘一定会好好庇佑我们的 ……

仁兄帮我校点《俺娘俺爹》书稿，写了好几页书面意见，至真至纯至深情至专业，令我感动。摘录一段他的话：“读书稿的全过程，也是我的一次心灵旅程，往往哽咽而难以继续。因你我不仅同龄，而且我也有和你一样经历了父亲得病、救治的过程以及失去父亲的那种悲伤、痛苦和无助，可以说是感同身受。”（2012.5.7）

@ 三石头 8898：深夜花了 2 小时看你的《俺娘俺爹》PDF 清样，虽然里面的文字大都熟悉，但还是不知不觉泪承于睫。有一段时间了，我们似乎忘记了如何感动。其实每一个人的内心都有一片柔软脆弱的地方，此时被触及，只想说，兄弟，我们每一天都要好好的，保重。

最近校点我的《俺娘俺爹》书稿，思考父母短暂一生留给我的东西。想想回故乡时原本熟悉的人、物以及场景，了无痕迹，仿若梦境，人生的意义到底何在？爹娘一生的示范，就是无私，无我，忍辱。幼吾幼及他人之幼，推而及之，对所有人视为父母子女，孝亲敬爱，使之灵魂高尚，提升层次，大菩萨之所为也。（2012.5.19）

@ 易者馨文：爹娘都是活菩萨！也许就是我们的父母子女，若不觉醒，轮回之苦由不得我们，对面走过来的都是缘，都不是没有来头。

明天是二姑赵立花的生日，生日快乐！回忆我少年时我们在乡下的日子，那时爷爷奶奶健在，我们都还年轻。人生就是剧场，我们各自扮演各自的角色，尽管不在一个舞台，却相互惦记。记得您的二哥、我的父亲赵立成病重快不治时您的泪水，您说：志刚，我和你对他的亲，并没有任何差别。（2012.5.22）

@ 江山相依依：姑侄之间的血缘关系蕴含着母子情结，特别是母亲离世之后，这种情结可能更清晰。

@ 王平：我现在还记着你二姑年轻活泼的样子。

静岩博士为我正在编辑中的《俺娘俺爹》画禅画一卷，感恩。我为之配诗：娘亲皎明月，夜夜展清辉。昔我于怀抱，举动牵娘心。聚短人间意，欢少忆犹生。何曾匆促远，回首月在巅。父爱铭山岳，重重无怨嗟。载我双儿女，苦乐亦甘恬。茶暖香自远，莲落子离离。其中有真意，伴尔三世行。

@五月雪－芊芊：感念亲恩，依依不尽。

@王琳：“茶暖香自远，莲落子离离。其中有真意，伴尔三世行。”

致电著名作家莫言老师，诚恳请求他为我的《俺娘俺爹》一书作序。我知他这些年几乎一律拒绝为人作序。他正在陕西采风，电话里他说“你的书我还是要写序的。也祝贺你履新职。”感动中。（2012.6.5）

@巴渝牧之：永别离，两茫茫，泪千行；十年过，续悲吟，仍哀痛；父母恩，驻我心，不曾忘；人已去，情还在，永相随。

@乐归乐兮：对父母的感伤从未轻减呀，期待拜读《俺爹俺娘》。

@哥哥的夜半歌声：十年弹指一挥间，但对先人的思绪和缅怀是永远都挥不去的。新书出品可否第一时间拜读？

@王笑红@江山相依依@埋头种田@三石头8898@戈多kaizen@钻石_蔷薇@米知了@张霞－01：期待。

一大学好友近来一直看我微博，知我在编辑《俺娘俺爹》一书，担心我沉浸于失父母之痛中无法自拔。我答复说出书意图有三：一是感父母养育之恩，努力做对社会、对他人有益的事；二是走出过往深深的悲伤，更加热爱生活，珍惜周围一切；三是以自己未及尽孝之憾，告诉读者及时行孝，不要将来追悔莫及。（2012.6.10）

@白净莲：临终尽孝能念佛 送亲往生孝中孝 守孝三年泪思亲 祭祀纪念孝笃行 福禄皆因孝字得 爱亲敬亲孝乃全 父母在世多尽孝 父母不在孝悔晚 孝心成圣成佛因 孝行造就天地根 孝养双亲延续脉 孝道尽忠是人伦 赵老师：这是我两年前写的《百孝篇》中的一些句子，送老师一阅，我希望能为老师做点什么。

@汪可可－KekeWang：拥有幸福家庭的人儿难以体会到这样的打击会深深折磨着我们，改变生活轨迹，改变今后选择。人前幽默欢笑，泪和痛不需要别人理解，但是我们仍旧渴望家人的温暖。

@禅宗七祖：其实每一个成年人都得面对和接受父母一辈的渐渐离去。孩子们也会成长到不得不看我们离去。

图书在版编目（CIP）数据

我们的爹娘 / 赵志刚著．－北京：作家出版社，2012.7

ISBN 978-7-5063-6525-3

Ⅰ．①我… Ⅱ．①赵…Ⅲ ①散文集－中国－当代

Ⅳ．①I 267

中国版本图书馆 CIP 数据核字（2012）第 168830 号

我们的爹娘

作　　者：赵志刚

责任编辑：陈晓帆

装帧设计：后声文化

出版发行：作家出版社

社　　址：北京农展馆南里 10 号　　**邮编：**100125

电话传真：86-10-65930756（出版发行部）

/86-10-65004079（总编室）

/86-10-65015116（邮购部）

E-mail: zuojia@zuojia.net.cn

http: //www.haozuojia.com（作家在线）

印刷：山东临沂新华印刷物流集团有限责任公司

成品尺寸：140×210

字数：160 千

印张：9

版次：2012 年 8 月第 1 版

印次：2012 年 8 月第 1 次印刷

ISBN 978-7-5063-6525-3

定价：29.80 元

作家版图书，版权所有，侵权必究。

作家版图书，印装错误可随时退换。